Fan
ファン文庫
TearS

犬の泣ける話

株式会社 マイナビ出版

TearS

CONTENTS

記念写真

沖田円

「みちる、暇ならリボンのお散歩行ってきて」

スマートフォン越しに母と目が合った。みちるはソファから起き上がり、朝から付きっぱなしの寝癖を搔《か》いた。

「化粧してないから無理」

「誰もあんたの顔になんて興味ないからすっぴんで大丈夫だわ。てかあんた、うちに帰って来て一回でも化粧した？」

「そんなことない……こともない、かもしれない」

肩をすくめてリビングを出て行く母の太った背中を見送っていると、部屋の隅で寝ていたはずのリボンが「散歩」と聞いてのそりと立ち上がっていた。

「リボン、あんたジジイのくせにまだ朝夕散歩行かなきゃ気が済まないの？」

老犬は「ぶふっ」と何かよくわからない音を発した。みちるは大きなあくびをしてから、着ていたジャージのズボンを脱ぎ、ジーンズへと穿《は》き替えた。

勤めていた会社を辞めたのは先週のことだ。環境も待遇も気に入っていたが名残惜しくも退社を選び、同時にひとり暮らしのアパートも引き払った。来月には遠距離恋愛を続けていた恋人と結婚し、彼の住む土地へ引っ越すこととなる。それまでの一か月、実家に戻り新生活に向けての準備をするつもりでいたのだが。諸々《もろもろ》片付けて意気揚々と地元に帰って来た途端、空気がすっかり抜けたように体に力が入らなくなってしまった。

理由はわかっている。不安なのだ。結婚することも、知らない土地で暮らすことも。これまでの生活から何もかもを変え新しい日々を始めなければいけないことが、ほんの少しだけ怖くなってしまった。自分で決めたことだから嫌なわけではない。ただ、前向きに一歩を踏み出すための自信が足りない。

「これがマリッジブルーってやつかなあ」

隣を行くリボンは、人間の悩みになど少しも興味のない様子でよたよたとマイペースに歩いている。

「まあ、リボンにゃ無縁の悩みだよね……って、あれ？」

みちるは調子はずれな声を上げた。実家から出て五分ほど、市役所の脇を抜け、子どもの頃よく使っていた散歩コースに来たはずなのだが……目の前を横切る車道の向こう側は馴染《なじ》んだ景色とは違っていた。

記憶のとおりなら、この先は路地の入り組んだ古臭い住宅地があるはずだ。しかし今そこにあるのは、真新しい一軒家、小洒落《こじゃれ》たアパート、モダンな建物のオフィスに、今まさに建築中の現場と、真っ平らな更地。どうやら区画整理が行われているらしい。

「こっちに全然来てなかったから知らなかったな……」

リボンの足取りに合わせて横断歩道を渡り、新品の街へと入っていく。見慣れない街並みを、いつかの記憶を思い出しながら、リボンと並んで歩く。

リボンを飼い始めたのは十五年前、みちるが小学四年生のときだった。朝の散歩は父、夕方の散歩はみちるの役目で、みちるは学校が終わって家に着くなりランドセルを放り投げ、まだ子犬だったリボンと共に颯爽《さっそう》と外へ出かけた。

その日、みちるはいつもと違う散歩コースを歩いた。いつもは市役所までしか行かないが、リボンが散歩に慣れてきたので、市役所の先――昨日までよりも少し遠い場所へと行ってみることにしたのだ。

市役所前の信号を渡った先は、昭和の匂いのする街並みが残る土地だった。みちるの両親よりも年上だろう民家や謎の商店がぎゅうっと並び、適当に引いて繋《つな》げたみたいな道がその合間を縫っている。

黒ずんだモルタル、石塀を這《は》う蔦《つた》、鬱蒼《うっそう》と茂る庭木、割れた屋根瓦《やねがわら》。

学区内ではあるが、みちるはこの辺りにはあまり来たことがなかった。自宅の近所とはどこか違う雰囲気の街並みに落ち着かず、みちるはなんとなく、リボンのリードを短めに持った。

ふと、一軒の建物の前で足を止める。周囲と同じく年季が入っているが、洋風の造りのせいか古さがお洒落にも見える建物だった。『橋本写真館《はしもとしゃしんかん》』と看板があり、店先のショーウインドーには結婚式や七五三などの写真が並んでいる。

みちるが写真を見ていると、大人しく付き合ってくれていたリボンが立ち上がり、どこかを気にし始めた。どうしたのだろうと思っていれば、建物の脇から毛の長い綺麗な犬と、ひとりの女の子が出てきた。

みちるはその子を知っていた。同じ学年の橋本小夏《はしもとこなつ》だ。一緒のクラスになったことがなく喋《しゃべ》ったこともないが、顔と名前くらいは記憶している。

ふと、小夏と目が合う。すると小夏はぴたりと立ち止まり、丸い大きな目を見開いて、なぜだかメデューサでも見たみたいに固まってしまった。

みちるが意図せず小夏を石にしている間に、小夏の連れた犬とリボンはお互いの尻の匂いを嗅ぎ合っている。

「三組の橋本さんだよね」

とりあえず、みちるもリボンに倣《なら》い挨拶をしてみた。小夏は答えない代わりにびくりと肩を揺らす。

「あー、えっと、わたし、五組の宮坂《みやさか》みちる」

小夏はやはり何も言わず、それどころか合っていた視線を逸《そ》らし、徐々に俯《うつむ》いてしまった。蛍光の黄色いリードを胸元できつく握っている。

さっさとこの場を離れたかった。けれどリボンはまだ綺麗な犬に尻の穴を嗅がせている。気まずい空気の中「そのわんちゃん」と、適当に口にしてみる。

「えっと、あれだね、その、かっこいいね。賢そうだし。コリーってやつ？」

どうせこれも無視されるだろう。そうしたらもう仕方ない、こっちも無視してやろう。そう考えていたみちるの耳に、「違う」と、ともすれば蚊の羽音と間違えてしまいそうな声が聞こえた。

「シェットランド・シープドッグ。似てるけど、コリーよりも小さいの」

今度はみちるのほうが驚いて何も言えなかった。小夏は俯いたまま上目でみちるを見て、それから視線をリボンへ移す。

「宮坂さんの、わんちゃんも、かわいいね。柴犬……とちょっと違うかな」

みちるは慌てて頷《うなず》く。

「うちのリボンは雑種。隣のおばちゃんちで生まれて、まだ貰《もら》ったばっか」

「リボンちゃん、って言うんだね」

「うん。リボンくん、だけどね。オスなんだ」

「そう、なんだ。うちのキミタロウもオスだよ」

小夏がぎこちなく笑った。つられてみちるもへらっと笑うのを、リボンが間抜けな顔で見上げていた。

橋本写真館は小夏の祖父の店であり、小夏は近所で母親とふたりで暮らしている、ということを、一緒に散歩をしながら教えてもらった。母親が仕事を終え帰宅するまで、写真館と隣接している祖父の家で過ごしているそうだ。

「キミタロウはおじいちゃんの犬なんだ。でも夕方のお散歩はわたしの役目」

小夏は大人しい子だったが、犬の話題になるとよく喋った。みちると小夏はお互いの愛犬の話をしながらぐるりと近所を一周し、市役所の前で手を振って別れた。みちるもリボンも、その日はいつもよりもたくさん夜ごはんを食べた。


約束したわけではなかったが、それからなんとなく小夏たちと一緒に散歩をするようになった。

犬のことに詳しい小夏の話を聞くのは楽しかったし、リボンもキミタロウのことが気に入ったようで、会うたびにダンスをするみたいにはしゃいでいた。

みちるとリボンにとって、小夏たちとの散歩の時間は、ちょっと待ち遠しい時間となっていたのだった。


散歩仲間ができて二週間が経った日。登校してすぐ、みちるは小夏から借りていた犬の本を持って教室を出た。そういえば学校で話したことないな、と気づいたのは小夏のいる三組に着いてからだ。

教室の入り口で小夏を捜《さが》していると、去年同じクラスだった女の子が「みちるじゃん、どうしたの」と話しかけてきた。

「あ、ちょうどよかった。ねえ、小夏ってどこにいる？」

そう訊いた途端、女の子が「えっ」と驚き、表情を歪《ゆが》ませる。

「……小夏って、橋本小夏？」

「そうだけど」

「みちる、あいつと知り合い？　やめなよ、あいつと喋ると菌がうつるよ」

は、と思わず声が出た。そのとき、窓際に座っていた小夏を見つけ、同時に小夏もみちるに気がついた。さっと視線が逸らされる。隣にいる女の子はにやにや笑いながら、キモいとかウザいとか、よくわからないことを言っている。

教室はこんなにも賑やかなのに、小夏に喋りかける子はいなかった。みちるはそのときようやく、写真館の前で会ったときの小夏の態度の理由を知った。

「……」

みちるは鼻から息を吸って唇を引き結び、真っ直ぐ小夏の席に向かう。小夏は驚いた顔でみちるを見上げている。

「小夏、本返しに来たよ。散歩のときだと荷物になるから。ありがとう」

周囲から嫌な感じのざわめきが聞こえ、小夏は何も言わずに俯いてしまった。みちるも、みんなの探るような視線が自分たちに向いていることをわかっていた。けれどそんなもの、気にもならなかった。

「今日も、お散歩一緒に行こうね」

小夏は顔を上げなかった。けれど、小さな声で「うん」と、確かに頷いた。

その日の散歩で、小夏からもうすぐ転校することを聞かされた。母親の再婚が決まり、新しい父親の住む町へと引っ越すことになるという。

「わたしね、みんなに嫌われてたから、転校先でも誰とも仲良くなれないんじゃないかって不安だったの。キミタロウとも離れ離れになっちゃうし。でもね、みちるちゃんのおかげで勇気が持てた。大丈夫かもって思えたの」

勇気の出るようなことをした覚えはない。ただ、そう言ってしまうのは違うような気がして、みちるは黙って小夏の言葉を聞いていた。

「ありがとう。わたし、みちるちゃんと友達になれてよかった」

散歩が終わると、小夏の祖父に誘われ、初めて写真館の中に入った。狭いロビーの奥には隠れ家みたいなスタジオがあって、そこで小夏とみちる、キミタロウとリボンの記念写真を撮ってもらった。

翌週の晴れた休日、みちるは焼き上がった写真を貰った。その日は小夏の引っ越しの日だった。写真の中のキミタロウはおすまし顔、リボンは間の抜けた顔

をしていて、みちるも同じく間抜け面をしている。そして、

「またね」

そう言って手を振った小夏は、写真の中と同じように満面で笑っていた。


あの頃の自分から、今の自分はどんなふうに見えているのだろう。

昔は周囲の視線すら物ともしなかったくせに、自分で決めたことにすら怖気《おじけ》づく大人になってしまった。情けない、とは思わない。けれど、あの頃みたいな無鉄砲さが今の自分にもあればとは、ほんの少しだけ思う。

「小夏は、どんな大人になってるのかな」

あれから小夏とは一度も会っていないし、今の小夏が何をしているのかも、どんな人になっているのかも知らない。小夏の祖父の写真館も……おそらく残っていないだろう。移転したか、それとも店を畳んだか。

「リボン、せめて写真館がどこら辺にあったかくらい匂いでわからない？」

「ぶっ、ぶぶ」

体が衰えてもやんちゃ心だけは昔のままのリボンは、時折鼻を鳴らしながらぺたぺたと歩いていく。みちるは大きなあくびをして、リボンの向かいたいほうへと付いていく。

やがて、リボンが立ち止まるのと同時にみちるも足を止めた。『真壁写真館《まかべしゃしんかん》』と書かれた立て看板のある、白い壁のモダンな建物の前だった。

表のショーウインドーには成人式やお宮参りなどの写真が飾られている。それらをなんとなく眺めていると、突然リボンが「ばふぅ」と何か喋りだした。見れば『closed』の札の下がるガラス扉越しに、毛の長い綺麗な犬がこちらをじっと覗いている。

「え、え？　うそ、あれ、この子って……」

すると、奥からひとりの女性が顔を出す。女性はみちるを見つけると扉を開け、大きな丸い目を瞬かせながら「みちるちゃん？」と言った。

「ああ、うん。小夏、久しぶり」

うちのリボン、まだ生きてるよ。なんて、十五年振りにしては随分味気ないことを言ってしまった。

「区画整理で立ち退くことになってね。そのときにおじいちゃんは店を畳んだの。代わりにわたしがここに戻って来て、新しい写真館を開いたんだ」

小夏の写真館は開放感があり綺麗で、まだ新築の匂いがしていた。リボンは看板犬のマメタロウ――キミタロウの孫と、尻の匂いを嗅ぎ合っている。

「小夏も、カメラマンになってたんだ」

「うん。この町を出るときに決めてたんだ。みちるちゃんは今何してるの？」

「えっと、しばらく実家を出てたんだけど、来月結婚することになって」

「え、うそ！　おめでとう！」

「あー、うん。ありがとう……」

ロビーには、ここで撮られたのだろう写真がいくつか飾ってあった。その中に一枚だけ、この写真館ではない場所で撮られたものがある。よく知った写真だ。キミタロウとリボン、そして小夏とみちる。ふたりと二匹で撮った、十五年前のたった一枚の記念写真。

みちるの視線に気づいた小夏が「これね」と話しだす。

「新しいことを始めるとき、いつもこの写真を見てたんだ。これを見るとね、大丈夫だよって、昔のわたしたちが言ってくれてるような気がして」

小夏が写真に指先で触れた。

大丈夫。だなんて、もちろん写真の中の子どもたちは言わない。この頃の小夏は余裕がなく、みちるは大したことを考えていなかった。けれど。

「ねえ小夏」と、写真を見ながらひとりごとのように問いかける。

「わたしこれから先、ちゃんとやっていけると思う?」

意味のわからない突拍子もない問いだった。けれど小夏は悩みもせずに、

「それはもちろん、大丈夫でしょ。みちるちゃんなら、なんだってできるよ」

と、なんの根拠もないくせに、どうしてか当たり前のように答えた。

ふっと息を吐き出す。ああそうかと、間の抜けた顔で笑う。

そう、大丈夫だ。どうとでもなる。これからだって、きっといろんなことが、うまくいくのだと思う。

「ねえ、せっかくだから写真撮ろうよ。あの頃みたいに」

小夏に手を引かれた先に、柔らかな光の差すスタジオがあった。マメタロウが中へ一番乗りし、リボンがそのあとを追いかける。

「いや待って、わたしすっぴんなんだけど」

「ふふ、実はわたしも。今日定休日だから油断してた」

「……頼むからこの写真は飾らないでね」

小夏がカメラをセットする。みちるは言われた場所に棒のように立って、小夏にちょっと笑われる。リボンもマメタロウもわかっているみたいに行儀よくお座りをしていた。みんなで、シャッターが切られるのを待った。

「はい、撮るよ」

小夏が言う。ふたりと二匹で並んで。いつかと同じように、カメラのレンズに向かって笑う。

犬と歌えば

猫屋ちゃき

リビングで毛むくじゃらの生き物を中心に妻の真澄《ますみ》と娘の梨乃《りの》が盛り上がっていくのにつれて、俺の気持ちは下降していく。何となく、裏切られた気分だ。

五年前、ウサギの茶々子《ちゃちゃこ》が死んでしまったとき、家族で泣きながら「もう生き物は飼わない」と話し合ったというのに。茶々子は八歳まで生きて、ウサギの平均的な寿命は全うしたわけだが、それでも短いと感じた。ペットとして飼われる生き物のほとんどが飼い主より早くに老いて、可愛い盛りのまま死ぬ。

悲しみのあまり毎日毎日泣き暮らして、もう生き物は飼わないと誓ったのに。妻も娘も、何とも言えない顔をした毛玉に、すっかりメロメロになっている。

「あなたもこっちに来て触ったらいいのに」

目尻を下げてデレデレしながら真澄が言う。なんてやつだ。「茶々子が我が家の最後のペットよ」などと言っていたのを忘れたのか。

「お父さん、抱っこしてみる？　抱っこしたらね、絶対好きになっちゃうから」

梨乃は毛玉を両手に抱いて、「ほらほら」と言ってくる。「茶々子以上に好きになれる子になんか出会わない」って言っていたじゃないか。

「おいおい、勘弁してくれよ。ちょっと……もう、本当にさぁ」

梨乃に押し切られる格好で、毛玉を抱っこする羽目になってしまった。薄い茶色のような汚れた灰色のような巻き毛の毛玉は、俺に両脇を抱えられても何も言わずじっとこちらを見つめてくる。それを見た真澄と梨乃がまた「可愛い～」と歓声をあげたが、正直言ってこの生き物の可愛さは微塵《みじん》もわからない。

「そもそもさぁ、俺は犬が嫌いなんだよ」

主従関係を教え込まないと躾《しつけ》のひとつもできないという犬の習性が、どうにも苦手なのだ。どうせ俺の言うことを聞かない未来は見えている。

「この子は怖くないよ？　大きくもならない犬種みたいだし。何だっけ……トイプードルとミニチュアシュナウザーのミックス？　シーズーだっけ？」

「怖いから嫌いなんじゃないんだって。それに何だ？　何が混ざってるのかわからない得体の知れないものは飼わんぞ」

「得体知れなくないよ。ミックスだよ、ミックス」

「上等そうな言い方をしてもだめだぞ。要するに雑種じゃないか」

抱いてみてもちっとも可愛いなどとは思えなかったから、謎の雑種犬は梨乃に突き返した。おっさんより若い娘のほうがいいのか、子犬は尻尾を小刻みに振った。それを見て真澄がまた黄色い悲鳴をあげる。

「嫌だって言うけど、うちじゃ飼わないってなったら、この子はどうなるの？」

頼んでダメなら脅そうと思ったのか、真澄は今度は悲しそうな顔をしてきた。それに合わせるように梨乃が犬の前足を持って「ぼく、おうちがないんだワン」などと言い出した。犬の顔を見れば間抜けそのもので、自分の運命がどうなるかなどわかってはいない様子だが。

「そんなこと言ってもなぁ……」

俺だってこの犬のことを憐《あわ》れに思わないわけではない。

梨乃の話では、可愛くないからいらないと言うことで捨てられそうになっていたところを同僚が一時的に引き取り、里親を周囲で探したが運悪く見つからなかったためもらってきたとのことだった。命を軽率に捨てる人間を肯定はしないが、可愛くないということには同意する。しかし、そんなことでこの毛玉の命が軽んじられるのも違うと思う。

「散歩は私がするし、お世話もするから。ね？　いいでしょ、お父さん。私ね、子供のときから犬を飼ってみたかったんだー。ねぇ、お願いお願い！」

「ま、まぁ世話をきちんとできるって言うのなら、いいよ。できるならね」

「やったー。お父さん大好きー！」

梨乃は二十三歳にもなって、まだ父に〝おねだり〟が有効だと思っている。おねだりが効いたわけではない。憐れな毛玉に情けをかけただけだ。

「君の名前はミックねー」

「可愛い名前ねぇ」

この家が自分の居場所になるとわかったからか、毛玉はヘラッと笑った。その表情を見たとき、何となく嫌な予感のようなものを感じたのだが、それは見事に的中する。

「ちょっと！　勝手に走るんじゃないよ、ちょっと！」

夕方の住宅街を、俺はミックに引っ張られる形で歩いている。本当は思う存分走りたいのだろうが、そうはいかない。小型犬のしかもまだ子犬に好き勝手させるほど、俺は弱ってはいない。だが、中年の体に元気な子犬の朝夕の散歩は地味にこたえる。

散歩も世話も自分がやると言っていたくせに、梨乃のその宣言は三日も持たなかった。わかっていたことだが。あの子は昔から朝に弱かったし、勤め先は遅くまで忙しいのが常だから、どうせ俺の役目になることは見えていた。梨乃に「朝だけお願い！」と初日ですでに言われ、次の日の夕方の散歩の時間にも帰るのが間に合わなかったときに、これからは俺がやることになると悟ったんだ。

「何だ。やっぱりここはダメか」

住宅街を抜けて大きな通りに出ると、先ほどまでの勢いはどこへやら。ミックは途端に立ち止まり、尻尾を下げた。目の前をトラックが走り抜けていくと、わかりやすくビクッとした。

数日間観察してわかったが、どうやらこいつは交通量の多い道路が苦手らしい。

「じゃあ、少し遠回りだけど、別の道で行くか？　苦手なもんは仕方ないからな」

リードを引いて方向転換を促すと、ミックは気を取り直して歩き出した。そして少しもしないうちに俺を引っ張って走り出そうとするから、それをまた気合いを入れて止めないといけない。

「今度はなんだ？　ああ、犬だな。犬が歩いてくるな。……でかいなぁ」

道を変えるとしばらく勢いよく歩いていたミックだったが、またおかしな動きをし始めた。今度は俺の足の間に入ろうとしてくる。おそらくだが、前方から歩いてくる犬が怖いようだ。相手の犬はゴールデンレトリバーだ。確かに大きな体をしているが、きちんと飼い主の真横を歩く忠犬ぶりを見せている。

「ほらほら、優しそうな子じゃないか。すみません、こいつ臆病で」

怖がるミックを仕方なく抱き上げて横を通り過ぎると、ゴールデンレトリバーも飼い主も笑っていた。あちらは楽しそうでいいなぁと、つい思ってしまう。きっと俺とは違って、飼いたくて飼っているのだろう。

「お前のことは好きじゃないが、引き取った以上、お前を快適に過ごさせる義務があるからな」

遊ぶのにちょうどいい土手まで歩かせて、そこからまた折り返して家へ戻る道中、そう声をかけてみた。わかっているのかいないのか、ミックは相変わらず俺を引っ張って走り出そうとしている。走ってやれたらいいのかもしれないが、できないのだから仕方がない。

こうして可愛くない雑種犬の世話係になってしまったわけだが、案の定こいつは俺に懐かない。世話をしているのは俺だというのに、真澄や梨乃にばかり尻尾を振る。真澄は餌を与えているからまだ理解できるが、梨乃に至っては本気で何もしないのにだ。犬とはそういうものだとはわかっているものの、雨の日も風の日も散歩に連れ出す俺を、もう少し労《ねぎら》ってくれてもいいのにとは思う。

だが、飼い始めて少し経った頃、こいつを好きになれそうだと思うことが起きた。

「……もしかしてお前、天才なのか？」

週末の昼下がりのリビングでピアノを弾いてみると、それに合わせるようにミックが鳴いた。弾いたのは、「A列車で行こう」のイントロだ。

一昨年脳梗塞《のうこうそく》をやって、少しだけ麻痺《まひ》が残った。日常生活に支障はないが、リハビリは続けるべきだということで始めさせられたのがピアノだった。梨乃が子供のときに習い事のために購入したアップライトのピアノをそのままにしていたから、それを利用している。

「母さーん！　すごいぞ！　ミックは歌うんだ！」

初心者用の教則本の曲を練習してもつまらなかったから、試しにと耳で覚えていた曲を弾いてみたら、ミックが反応した。さっきまであくびをしていたくせに。たまたまかと思って何度も弾いてみたが、その都度ミックは軽快なジャズのリズムに合わせるように甲高く吠える。

「本当ね！　動画を撮って、梨乃にも送りましょう」

キッチンで作業をしていた真澄はミックの歌に感激すると、すぐにそれをスマホで撮影して梨乃に送ったようだった。いつも寝顔が可愛いだとかおやつを欲しがる姿が可愛いとかで動画を撮っているから、それを送るのも慣れたものだ。

「梨乃が『天才犬誕生！』だって」

「返信早いな。友達とランチに行ってるのに。ミックの歌がすごかったからか」

いつもは真澄と梨乃がミックのことを可愛いだとかお利口だとか言っているのには全く同意できないものの、今回ばかりは同じ意見だ。つぶらな目が毛に埋もれて〝ちんくしゃ〟という形容がここまで似合う顔を他に知らないというのが正直なところだが、天才なのは認めざるを得ない。

「どうせならフルで歌えるようになろうな！　お父さん、練習するからな」

それから、俺とミックの「A列車で行こう」のセッション練習が始まった。

相変わらず散歩では俺を引きずろうとしているし、俺よりも真澄や梨乃に懐いているが、一緒にピアノを練習するようになってそれも気にならなくなった。

俺がピアノの前に座れば、必ず走ってきて行儀良くそばに座るという、その姿勢を見れば不思議と可愛いと思えるようになっていた。クラシックを弾いているときは退屈そうにするのに、あのジャズの名曲のイントロが始まればワクワクと目を輝かせるのがいい。俺が弾ける部分が増えるのに応じて、ミックもちゃんと長く歌えるようになった。一度だけ吠える箇所と短く二度吠える箇所があるのを聞く限り、やはりリズムがわかっているらしいというのも感心する。

そんなふうにミックと過ごすうちに、犬と暮らすのも悪くないと思い始めた頃。とんでもない事件が起きた。


「母さん、ミックは？」

会社から大急ぎで帰り着いてすぐ真澄に尋ねると、悲痛な表情で首を振られた。

「まだ戻ってこないの！」

「わかった！　すぐに探しにいく！」

仕事中に真澄から、ミックが逃げたと連絡があった。庭で洗濯物を一緒に取り込んでいるときに、外を通りかかった大きな犬に吠えられて驚き、駆け出してしまったらしい。仕事を抜け出して電話で詳しい話を聞いたときすぐに家に帰ってやりたかったが、そういうわけにもいかなくて終業時刻までヤキモキした。

もしかしたら案外すぐに戻ってくるかもしれないと真澄には家で待っていてもらったが、それは楽観的な考えだったとわかる。出て行ってから数時間が経つのに、ミックは帰ってこない。だから帰宅してすぐに探しにいくことにした。

「ミック！　どこだー、ミック！」

まずは散歩コースを探してみようと、住宅街を声をかけながら歩く。いつもなら帰ってきた俺と一緒にこのあたりを歩いている時間だ。

「あの、すみません！　うちの犬、見ませんでしたか？　数時間前に、大きな犬に吠えられて驚いて家を飛び出してしまって……探してるんですけど、見つからなくて」

いつも散歩中にすれ違う顔見知りの女性とその犬に会って、思い切ってミックのことを尋ねてみた。犬を連れていない中年男が声をかけるのはどうかと思ったものの、今はそんなことを言っている場合ではない。

「見てませんね。こっちに来たんですか？」

「いえ、そういうわけじゃないんです……もしかしたら知ってる道に頑張って戻ってきてたりしないかなとか……そんなことを考えたんですけど」

「そうなんですか。……見つかるといいですね」

困ったように、でも心配そうに言われ、会釈をして別れた。彼女と話したことで探す場所を間違えているのではと考え始めてしまい、進む足が重くなった。嫌な予感がしつついつものコースの折り返し地点まできてしまったが、どこにもミックの姿はなかった。もしかしたら間違えて苦手な大きな通りのほうへ行ってしまったのかとも考えたが、やはり見つけられなかった。

このまま見つからなかったらとか、事故に遭っていたらとか、そんな嫌な考えが頭を掠《かす》めた。痛ましい犬の死亡事故の話を思い出して、叫びたくなった。ミックが事故に遭ったらと考えると、胸が張り裂けそうだ。あの犬は、いつも能天気に笑っているくらいがいいのだ。

「ああ……こんなときに、なんで……」

足が痺《しび》れるような感覚に襲われ、思わず立ち止まった。やや残る麻痺の他に後遺症らしきものはないと思っているのだが、時折こうして謎の痺れが走るのだ。思えば、結構な距離を歩いている。ミックと一緒だと気にならないのに、ひとりだと散歩コースを歩くのもなかなか体にこたえるらしい。

何度もさすってどうにか痺れを宥《なだ》めて、また歩き出した。こうしている間にも、もしかしたら怖い思いをしたり危険な目に遭っていたりするかもしれないと考えると、立ち止まっているわけにはいかなかった。すぐに見つけてやらないと、俺の気持ちが落ち着かない。弱った中年の心をかき乱すなんて、ミックは悪い犬だ。言うことは聞かないくせに、怖いものに出会うと俺に助けを求める、ちんくしゃのどうしようもない犬め。

だが、すっかり日が落ちてもどこにも見つけられなくて、気力が尽きてまた立ち止まってしまった。

時間を確認しようとスマホを見れば、梨乃からメッセージが来ていた。仕事を終えて駅まで帰り着いて、そのまま周辺を探しているらしい。ネットで迷い犬情報を探したが、ミックのことは見つけられなかったとも送ってきている。

真澄からの連絡がないということは、家に帰っているということもないのだろう。バカ犬ならそれらしく、そういうミラクルを起こしてくれてもいいのに。

「あー、もう……どこ行っちゃったんだ。腹も減っただろうし、心細いだろう。

お前は、怖がりなんだから」

　元気を出そうとスマホのアルバムでミックの写真を見る。ピアノのそばにいるときのものが多い。写真の中のミックは、自分に誇りを持って笑っている。もらわれてきたあの日、何もわからず間抜けな顔をしていたときとは違う。ちんくしゃでおバカだが、ピアノと一緒に歌う才能はあるのがわかって、きっと変われたのだろう。俺だって、そんなミックに愛着が湧いている。だから、このまま帰ってこないだとか、見つけられないとかはなしだ。それはあまりに悲しすぎる。

「まだ、フルコーラスで歌えないじゃないか……お？」

　これを見たらまた探しに行こうと、最近真澄に撮ってもらった動画を再生していると、ピアノに合わせて犬の鳴き声が聞こえてきた。動画の中のミックの声に合わせるように。聞き間違えかと思ったが、その声はどんどん近づいてくる。そして、走ってくる気配とともにすぐ近くで「わんっ！」と聞こえた。

「ミック？　ミックか！　お前、お前……」

街灯の灯りに照らされているのは、間違いなく我が家のミックだ。ちんくしゃの毛玉で、間抜けな顔をして笑っている。

どうやらこいつは、動画の中の俺のピアノの音を聞いて走ってきたらしい。いつもリビングでそうしているみたいに。

焦って飛び出してきっと帰り道がわからなくなっていただろうに、俺のピアノの音色を頼りに駆けてきたのだ。

そのことと無事に帰ってきたのだという事実に胸がいっぱいになって、俺はミックを抱きしめた。腕にも少し痺れが出ていたが、そんなの構わず力を込める。

「バカ野郎！　このバカ犬め！　この！　この……」

俺がせっかく抱きしめてやったというのに、ミックはやめろと言わんばかりに暴れた。真澄や梨乃に抱っこされているときとは大違いだ。

「お前は俺のピアノしか好きじゃないのか！　やっぱり、犬なんか嫌いだ！」

夜道を家へと帰りながら言うと、なぜかミックは嬉しそうに笑っていた。ちんくしゃな、この上なく可愛くない顔で。

ニューファンドランド アンドサンドランド

鳩見すた

鏡は嫌いですけど、自撮りは嫌いじゃなかったんです。

スマホのカメラを起動する前には顔を作るし、アプリには前回使ったフィルターも残っているので、一年引きこもっている女がのぞいても、画面にひどい現実は映りません。ふいに素の顔を暴いてくる鏡や窓ガラスは、遮光《しゃこう》カーテンの向こうに幽閉《ゆうへい》しました。

朝の七時にベッドに潜り、夕方五時に起床する。

起きている間はパソコンの前で、犬の動画をぼんやりと眺める。

高校を卒業する少し前から、わたしはそんな生活になりました。

太陽を見ないで暮らしていると、宇宙船の中にいるみたいな感覚です。カレンダーで日付はわかっても、時の流れを体で感じません。

だから自撮りを始めました。毎日見ていると気づかないけれど、一年たてば顔はそのぶん老《ふ》けます。それを画像で比較確認し、いまは決して悠久の時じゃないぞと肝に銘じる。まだ外に出る勇気はないものの、わたしは取り返しがつかなくなるまで引きこもる気はなかったんです。

そう思いつつも、そのときスマホが写した一分前のわたしは、明らかに媚《こ》びているように見えました。人に見せる予定はないので、わたしが取り入ろうとしている相手はわたしです。

『まだそれなりに若いから、もう少し引きこもってても平気だよね？』

そんな自分への言い訳が透けて見え、我ながら胃がむかむかしました。

新鮮な空気を求めるように、クローゼットの扉を開けます。

宇宙船の中にいる限り、一分前の自分は過去であり未来です。この衝動を利用して外に出なければ、わたしはおばさんになっても高校生気分という、おぞましいエイリアンに変身するでしょう。

取り急ぎ適当な服に着替え、セルフカットの髪をゴムでまとめ、玄関で弟のビーチサンダルを履くと、わたしは勢いよく外へ飛びだしました。

瞬間、カッと光ったまぶしさに立ちくらみます。

久しぶりの太陽は、まるでビッグバンのごとき閃光《せんこう》でした。まぶたを閉じても視界が白いので、すごすごと宇宙船へ逃げ帰ります。

午前六時であの陽射し。外へ出るにしても真夏はないわと、わたしはベッドに潜りこみました。人にはダメ人間と言われるでしょうが、玄関から出ただけでも引きこもりには快挙です。さあこの満足感で心地よく眠ろう――。

そう思ったのですが、結局は歯を食いしばってもう一度外へ出ました。

なぜなら「午前六時」だったからです。

息を荒らげ、汗をふきふき、わたしは目的地に到着しました。

眼下に広がる光景は、見渡す限りの砂、砂、砂。

まるで十億年後の地球みたいな場所ですが、ここは県内随一の観光地、砂丘です。入場無料で二十四時間出入り自由。しかし平日の早朝は人が少なく、引きこもりの散歩にはうってつけなのです。

遠くに見える海岸を目指し、わたしは久しぶりに砂丘を歩きました。

サンダル越しに感じる砂の温度がなつかしいです。ＪＫ時代は毎朝ここへきて、ひたすら海を眺めていました。そういう年頃だったんです。

さて。気分よく散歩していると、ふいに視界を「熊」が横切りました。

そんなバカなとよく見ると、「熊」は大きな黒い犬のようです。その巨体にさも当然のように、オレンジ色のライフジャケットを着ていました。

「こんにちは。地元の子？」

犬のリードを持つ女性が、わたしに向かって微笑みます。日焼けした肌にサンバイザー。若い印象ですけど、声はけっこう大人です。

引きこもりのわたしは挨拶を返せず、ただ固まっていました。

「犬、好き？」

おねえさんがさらに尋ねてきますが、やっぱり返事はできません。

すると代わりに黒い犬が、「わん」と答えました。

「あら、ルーシーの友だち？」

友だちではありませんが、わたしはその犬を知っています。けれどおねえさんのことは知りません。ルーシーの飼い主は男性のはずでした。

「この子はカナダ生まれの、ニューファンドランドって犬種でね。なんと手に水かきがあって、泳ぎがすごく上手なの」

おねえさんがしゃべりながら歩くので、わたしも思わずついていきます。

ルーシーはヨーロッパで水難救助の訓練を受けた犬で、飼い主であるライフセーバーの男性とともに、近隣の海水浴場を監視していたそうです。

「でも先輩、若かったのに病気で亡くなっちゃってね。ルーシーも同じ。大型犬って長生きしそうだけど、実際は十年くらいで寿命なの。だから水難救助はもう引退。ま、この子はまだライフセーバーのつもりだけどね」

いまは亡くなった飼い主の仲間たちが、交替でルーシーに海を見せているのだとか。付近のビーチと違って砂丘海岸は遊泳禁止なので、溺れる人がそもそもいません。ゆえに引退犬でも安心して見張れる、とのことでした。

おねえさんが話している間も、ルーシーはじっと海を見つめています。

お座りして、少しずつ首を動かして、無人の海を見守っています。

「私たちも仕事があるから、毎日は海を見せてあげられないんだよね。今日は久しぶりのウォッチだから、ルーシーも張り切ってるみたい」

おねえさんが悲しそうに笑った瞬間、わたしの喉がうめきました。

「え、なに？　いまなにか言った？」

一年も引きこもっていたので、どうにもうまくしゃべれません。

慎重に呼吸を整え、あらためてゆっくりと発声します。

「さ……んぽ、わたしに、やらせ、て、くだ、さい…………！」

自分の言葉に自分で驚いたのは、生まれて初めてでした。


わたしが部屋から出られなくなった理由は、正直よくわかりません。

でもきっかけとなった出来事は、たぶんあの事件です。


高校三年の夏休み。わたしは友人と近場の海水浴場へいきました。

そこでふと思い立ち、ビーチから全力疾走して海へ飛びこみます。ビキニなのにガチ泳ぎするという荒技で、ウケを狙いたかったんです。

芋洗いの海を、人波を縫って泳ぎ、ほどよいところで振り返りました。

すると目論見《もくろみ》通り、友人たちはこちらを指さし笑っています。

よしと成果に満足した瞬間、右足に激痛が走りました。

足つった——そう思うやいなや、全身が沈み始めます。

必死に浮き上がろうとしても、痛みで体が動かせません。

このとき初めて知ったんですが、溺れている人間は「助けて！」なんて叫べません。もがくのに精一杯で、声を出すことに意識が向かわないんです。立てば足がつく深さでしたが、わたしはそれさえ気づけませんでした。

沖にはほかにも人がいました。なのに目があうと、みんな迷惑そうに顔をそむけます。ビーチでは友人たちが手をたたいて笑っていました。溺れたフリをするネタだと思っているのでしょう。自業自得です。

わたしは人混みの中で、静かに溺れていきました。

ですが顔が沈む寸前、迫ってくる黒い影を見ます。

影の中央には、ピンク色のなにかがありました。

それが「舌」だとわかった途端、影に瞳があることに気づきます。

つぶらな黒い瞳は、溺れるわたしをしっかりと見据えていました。

「動かないで！　力を抜いて犬につかまって！」

男の人の声が聞こえた瞬間、わたしは浮き上がりました。オレンジ色のライフジャケットを着た黒い影が、あごの下から体を押し上げています。

遠くで溺れるわたしを見つけ、犬かきで助けにきてくれたこの影こそ、ライフセーバー犬を引退する前のルーシーだったのです。

そんな過去があったので、わたしはルーシーのお手伝いを買って出たのでした。おねえさんも快諾してくれたので、わたしは午前六時に気合いで外に出たら、ルーシーの居場所であるライフセーバー本部に赴き、黒い巨体にリードとライフジャケットを装着して、砂丘へ向かって涼しい場所を探します。

ルーシーはいつも静かに海を見つめていました。少しずつ首を動かし、溺れる人間がいないかと、つぶらな瞳で頼もしくウォッチしていました。

わたしはその隣で、ルーシーがなにを思っているのか想像したり、自分もライフセーバーになったつもりで緊張したりしながら海を見ています。

ときどき、早起きの観光客が声をかけてくることがありました。

ルーシーは温厚な犬なので、子どもに抱きつかれても吠えません。頭を撫でられるといやそうにしますが、それは海が見えなくなるからでしょう。

一方のわたしは、観光客にルーシーの名前を教えるのが精一杯でした。人と話すのがどうにも怖かったのです。

「私はカウンセラーじゃなくてライフセーバーだから、あなたが引きこもった理由はわかんないけどね。とりあえずいまは、ルーシーと一緒に外の世界を楽しんでみたら？　犬好きに悪い人はいないよ」

おねえさんに励まされつつ、わたしはルーシーと海を見続けました。

潮騒《しおさい》に耳を傾けながら、黒い体を撫でる日々。そうするとなにもしていないのに、不思議と「毎日を生きている」と体で感じられます。あれほど恐れた外の世界なのに、宇宙船の中よりも不安がありません。

おかげか少しずつ、人間にも慣れてきました。いまでは観光客にルーシーのことや、自分が救助されたエピソードまで話せます。

「わたしはまた、ルーシーに救われたんだね」

話しかけると、黒いヒーローは小さく「わん」と鳴きました。観光客には吠えないのに、わたしには相づちみたいに声を返してくれます。

毎日のウォッチだけでなく、もっとルーシーに恩返しがしたい――。

そう考えるようになったわたしは、おねえさんに相談してみました。

「動画配信？　ルーシーの？」

人の命を救ってきたニューファンドランドを、もっと多くの人に知ってほしい。砂上から海を見守るルーシーの勇姿を見てほしい。そう思ったのです。

「恩返しで動画配信って、私にはない価値観だわ……」

おねえさんは難色を示したのではなく、ジェネレーションギャップを感じただけのようでした。歳は十歳も違わないはずなんですけどね。

許可をいただけたので、まずは機材を買うお金です。わたしはクラウドソーシングサイトで、動画編集の案件を受注しました。経験はまったくなかったのですが、スキルを学びながらお金ももらえれば効率がいいと考えたのです。

この件もおねえさんに価値観の相違を感じさせたようですが、それはそれとして協力してもらいつつ、なんとかチャンネル開設の準備が整いました。

チャンネル名は「ニューファンドランドアンドサンドランド」です。

英語的には間違っているかもしれませんが、なんじゃこりゃと思わせるツッコミ要素は重要です。引きこもり中に深く学びました。

動画は五、六分に編集し、砂丘と海とルーシーだけを映しました。ほかにはテロップで説明を加える程度で、過度な演出はしていません。わたしが伝えたいのはルーシーそのものなので。

予測した通り、チャンネルの登録者数は順調に増えていきました。

動物の動画は一定の需要がありますし、海を見つめる大きな犬はそれだけで絵になります。視聴者はテロップの情報を踏まえつつ、それぞれがルーシーの物語を想像して共感してくれたのでしょう。

再生回数も増え、収益が出始めました。わたしはルーシーの写真をプリントしたTシャツやタオルを作り、動画の概要欄で販売しました。

　すると途端に、コメント欄が荒れ始めます。『無垢《むく》な犬を金稼ぎに利用するな！』と、管理者のわたしが攻撃されました。

　グッズを作ったのは、ルーシーをもっとたくさんの人に知ってもらいたかったからです。でもわたしの思いは伝わらず、それまで応援してくれた人たちまで低評価ボタンを押していきました。

　わたしは更新を停止して、ルーシーと海を見るだけの日々に戻りました。

「すぐ近くで溺れている人がいても助けないし、遠くの誰かにはよってたかって石を投げつける。人間って、人間が嫌いなのかな」

　ルーシーの背中を撫でながらつぶやくと、まさかの返事がありました。

「それはね、みんなあなたを知らないからだよ」

　よいしょと、隣におねえさんが座ってきます。

「『善意の第三者』って、法律用語で『なにも知らない人』って意味でね。文句をつけるのって、そういう人たちなんだよ。ライフセーバー犬を見て、『人間に働かされているかわいそうな犬』って言ったりね」

ひどい偏見です。わたしはおねえさんに抗議しました。

「うん。ルーシーが水難救助犬として働いたのは、最初は大好きな先輩と一緒にいたかったから。でも先輩がいなくなったいまも、ルーシーはこうしてあなたと海を見守っている」

犬は言葉を話せません。だからルーシーの本心はわかりません。

でも事情を知っているわたしたちは、想像することができます。

あの夏の日、わたしの命は消えようとしていました。

溺れているのを黙殺され、声を上げることもできないわたしは、死ぬことの怖さ以上に、見捨てられる恐ろしさを感じながら沈んでいきました。

そんなわたしを、ルーシーだけが見てくれたんです。

最初は黒い影だと思った体。その真ん中のつぶらな瞳は、わたしをしっかり見据えていました。きっとビーチでわたしを見つけたときから、犬かきで泳いでくる間も、ずっと目をそらさずにいてくれたんだと思います。

「あの時点ですでに、わたしはルーシーに二回救われていたんです」

ルーシーは昔もいまも、根っからのライフセーバーなんです。

「この子はわたしを救ってくれたヒーローなんです。なのに……」

悔しさで、涙がこぼれました。

「あなたは誰に強制されたわけでもなく、外へ出る恐怖と戦ってまで、留守番の日々だったルーシーを海へ連れだしてくれた。溺れていたあなたが見たルーシーみたいに、ルーシーにもあなたがヒーローに見えていると思うよ」

ふいにルーシーが、「わん」と鳴きました。

いつも海からそらさない目を、一瞬だけわたしに向けて。

「ルーシー……！」

視界をふさがないよう注意して、わたしは黒い首に抱きつきました。

「チャンネルが炎上したのって、視聴者はルーシーのことは知っていても、あなたのことを知らないからじゃない？」

おねえさんがそんな風に諭《さと》してくれたので、わたしは深夜にこのブログを書いています。

いかがでしょうか。言い訳っぽいところもあると思いますが、人には言いたくなかったことも含めて自分のことを文章にしたつもりです。


あと一時間もしたら、わたしはまた砂丘へ向かいます。

比較的涼しい場所でカメラを回し、海とルーシーを画角に収めます。

オレンジ色のライフジャケットを着たニューファンドランドは、今日も少しずつ首を動かして、あの日のわたしのような存在を探し、つぶらな瞳で海を見守ってくれるでしょう。

その頼もしい姿の隣で、わたしはときどき思います。

ルーシーは、砂丘海岸が遊泳禁止なことに気づいているんじゃないかって。

それでも海を見たい理由が、ルーシーにはあるんじゃないかって。

だからこれからも、わたしはルーシーと海を見守りたいと思っています。

最後まで読んでいただき、ありがとうございました。

曲がり角の向うに

朝来みゆか

テオは僕の自慢だった。

盲導犬候補として生後六十日でうちにやってきた、薄茶色のラブラドールレトリーバー。初めて会う人にも擦り寄るほど、人懐っこい性格。外を歩くのが何よりも好きで、雨の日も風の日も一時間の散歩を欠かさない。

塾のない日、僕は近所の友達を家に呼んだ。

「俺が近づいても吠えないんだな」

「テオは人間が好きだからね」

「盲導犬になったら、電車とか乗るんだろ？　図書館とかにも入れるんだよな？」

「うん。どこにでも行くよ」

「すげえな。うちの馬鹿ポメとは大違いだ」

短い毛が生えた背を、僕は何度も撫でた。テオが褒められるのは、自分が褒められるのと同じくらい嬉しかった。

普段は無口な女子も、テオを前にするとぽつりぽつりと話してくれるのだ。

「訓練って、智也《ともや》くんのパパがするの？」

「ううん。訓練所に行って、訓練士の人がしてくれる」

「じゃあ、いなくなっちゃうの？」

「うん。うちで過ごすのは一年だけの約束」

「えー……残念」

盲導犬を目指す仔犬を家庭で育てるボランティア、通称パピーウォーカーになるのが、母さんの長年の夢だった。そう聞かされたとき、僕も父さんも犬は嫌いじゃなかったから、提案を受け入れた。唯一、兄の修也《しゅうや》だけはペットがいると勉強に差し障るとか言って反対していたけれど、待機期間を経てテオが来ると、無言で撫で回していた。

仔犬がパピーウォーカーに委託されるのは、生後半年から一歳半まで。時期が来れば必ず巣立つ。どうして最初から訓練所で育てないのかというと、家庭の温かさを学ぶためだそうだ。厳しい訓練の前に、人間との楽しい暮らしを知り、人間を好きになってもらう。パピーウォーカーとはそういう仕組みなのだと本に書いてあった。

季節は変わり、別れの日が来た。

訓練センターで委託修了式が行われた。テオと同時に生まれ、他の家に預けられていた兄弟犬も立派に大きくなっていた。集まった盲導犬候補生たちは、それぞれ別の訓練センターに移動するという。

テオは堂々としていた。首に盲導犬協会のカラーをつけられると、訓練士さんの合図でケージに入った。堂々とした姿だった。やっぱりテオは度胸がある。

母さんがテオを撫でた。僕も手を伸ばして撫でた。

バイバイ、テオ。がんばってこいよ。

訓練士さんが扉を閉めたとき、テオは目を見開き、首をかしげた。いつもと違うことに気づいたのだろう。黒い鼻先をケージに押しつけた。

あ、と母さんが間の抜けた声を上げ、次の瞬間、車のエンジンがかかった。

僕は目を見開き、こぼれそうな涙をこらえた。マスクの下で唇が震えた。

車が見えなくなると、父さんと修也はスマホをいじり始めた。何も変わらない日常を確かめるみたいに。

だけど、帰ってもテオはいない。僕らの仕事は終わった。

最初からわかってた。ずっと一緒にはいられないこと。うちで過ごすのは一年だけ。生まれたときから決まっているテオの道を、僕のわがままで閉ざしたくない。

全部わかっていて、それでも嫌だった。別れを受け入れたくなかった。

「疲れちゃったから、夕食は外でいい？　中華かお寿司にしよう」

疲れた顔の母さんに、なんでもいい、と答えた。

「これからは長いこと留守にしてもいいんだよね……。なんか慣れないわ」

「変なこと言ってると泥棒に入られるよ」

「ねえ、わたしたち、やれることは精一杯やったよね。さびしい思いをさせないようにして、いっぱい愛情かけたよね」

母さんは洟《はな》をすすり、涙をぬぐった。人前で泣くのはやめてほしい。

「次は智也の番。がんばってね。応援するからね」

「……うん」

遊んでばかりいたテオが訓練をがんばるのだから、僕も受験をやりとげよう。テオが盲導犬になる頃、僕も合格する。修也が通う第一志望校に、必ず。

学校から帰った後、夕食のお弁当を持って塾に向かう。六年生になってからは毎日だ。僕らが住む地域では学年の半数近くが中学受験をする。

気合いとは裏腹に僕の成績は下降中だ。塾の席替えで友達に抜かされるのはせつない。教壇が遠のくと、合格も遠ざかる気がする。クラス内での変動はまだいい方で、下のクラスに落ちたときは本当に居場所がない。

「修也は元気か」

帰り際、算数の先生が僕を呼び止めてきた。なれなれしくて苦手なタイプだから避けてるけれど、いつも構ってくる。大抵の受験生は中学に行ったら、それまでの塾には見向きもしない。きっとこの先生はそれがさびしくて、僕を通じて修也につながっていたいんだろう。

「元気です」

「相変わらず勉強してるか？」

「はい。なんか学校の図書館が立派らしくて入り浸ってます」

「そりゃいいや。変わらないなー」

先生はひとしきり笑った後、真顔になった。

「志望校のこと、ご両親と話したか？　もう一回、考えてみろよ」

「はぁ……」

三年のときから塾通いをしてきたのに、後から入塾した友達に抜かされ、僕の偏差値は伸びない。受験まで三ヶ月を切り、どんな風にがんばればいいのか、最近はもうわからなくなっている。

「じゃ、修也によろしく」

「はい。さようなら」

この前受けた模試が最後の合否判定で、第一志望校の合格率は二十パーセント。もっとランクを下げた安全校も併願するべきなんだろう。でも行きたくない学校に行くのなら、何のために勉強してきたのか。

家に帰ると、母さんが食卓に目を向けたまま言った。

「智也、話があるんだけど」

「志望校のこと？」

「そう。ほら、前にパンフもらったところにも出願しない？」

「先生から電話あったんだ？」

「先生もお母さんも心配してるの。無理して入っても、周りについていけなかったら苦しいだけよ。せっかくなら智也が楽しく毎日通える方がいいと思う」

「通える学校……つまり、僕みたいな馬鹿が集まってる学校に行けってことだ」

「そんな言い方するもんじゃない。修也が勉強が得意なように、あなたには他の何か得意なことが見つかるかもしれないでしょう？　公立は嫌なのよね？　私立もいろいろ特色があるから、今からでも智也に合った学校を探してみない？　共学も楽しいと思うわよ」

母さんは僕を説得しようと話し続けた。勉強の後に聞かされる長話はつらい。適当に聞き流し、母さんが言葉を切るタイミングでうなずいた。

「じゃ、出願するね」

「うん」

「いいの？　よかったぁ！」

「え？　なに？」

気づけば併願を承知していた。修也のところより数ランク下の中高一貫校。嫌だな。お金を出すのは親だけど、通うのは僕だ。

「あーあ。兄貴みたいに賢く産んでくれれば苦労しなかったのに」

母さんが口をつぐみ、また開きかけたとき、修也がリビングに入ってきた。

「どうかした？」

「ううん。なんでもない」

「あのさ、そろそろテオ、デビューする頃じゃない？」

「えっ、もうそんな時期？」

僕は驚いたけれど、母さんはうなずいた。そうか。

僕は盲導犬になったテオを想像した。

さぞがんばったんだろう。自分もこうしちゃいられない。

「お風呂入る前に、もう少し勉強してくる」


それから数日も経たないうちに、修也と母さんの口論の現場に出くわした。

「つまり嘘をついたってことだ？　それも、すぐにばれるような嘘を」

「そういうつもりじゃなかったの……」

「なら、どうして本当のことを言わなかった？　子どもだから隠し通せるとでも？　僕が気づかなかったら今も言わずにいたってことだよね」

何事だろう。僕はおそるおそる二人に近づいた。修也が僕の方を向いて言った。

「テオはキャリアチェンジになった」

「……キャリアチェンジ？　うそ……」

「この人に連絡が来たんだ。テオは盲導犬にはなれなかった」

母さんが泣き出した。またかよ。テオに関しては泣いてばかりだ。

「本当？　盲導犬になれないって……もう一回テストしてもらえない？」

修也が首を振った。母は顔を覆っている。訓練中、テストに合格しなければ、盲導犬を目指す道は閉ざされる。知ってはいたけれど――。

ショックだった。テオの同胎のうち、盲導犬デビューした犬もいるらしい。兄弟犬は合格して、テオは落ちた。同じ親から生まれたというのに。

「テオの何が駄目だったの？」

「鳥を追いかけてしまうって……」

直らなかったんだ。うちにいた頃から、テオは鳥に遭遇すると落ち着きを失くした。スズメ、ハト、カラス。散歩中に見かけた鳥を追いかけようとした。その度に僕は必死にリードを握って、踏みとどまった。

「時間を巻き戻したい。……もう一回、テオを育て直したい。わたしの対応が悪かったから、こんなことになったの。次は間違えない。失敗しないように、テオがちゃんと盲導犬になれるようにする。だから」

聞いていられない。

育て方が悪かった、失敗したと親に言われるのは、子どもにとって耐えがたい苦痛だ。自分の存在を消したくなるだろう。テオが今ここにいなくてよかった。

ノックの音に続いて「入るよ」という低い声。父さんだ。僕は布団をかぶったまま、耳を澄ませた。

「智也、テオのこと、ショックだったよな。……すぐに話さなくてごめんな」

僕は、修也のように怒りを感じてはいない。受験をひかえた僕を気遣って、不合格の報《しら》せを伝えなかったのだろうと想像はつく。

「母さんは自分が悪かったって思い込んでるみたいだけどな、協会の人が言ってた。そういうのは犬の資質だって。持って生まれた性格とか能力だな。誰がどう育てたって、テオが鳥を追いかけようとするのは変わらなかっただろうって」

そうなのだろうか。それじゃ、環境って何だ？　努力は意味がないのか？

僕がどんなに勉強しても、修也と同じ点数を取ることはできないのか。

「犬の話だぞ」

僕の考えを見透かしたように父さんが言った。

「テオが盲導犬にならなかったからって、駄目な犬ってわけじゃない。家庭犬としては申し分ないしな」

僕は布団から顔を出した。思いがけず近くに父さんがいた。

「厳しい訓練なんてさせない方がよかったんじゃない？　全部無駄だったってことでしょ」

「盲導犬を目指す、という意味では目的を果たせなかった。でも、テオはうちにいたときも、訓練センターに行ってからも、常に楽しんでたと思うぞ。何事もチャレンジしてみないとわからない。合格になるか不合格かわからないけれど、がんばった事実はなくならない」

「今どこにいるの？」

「キャリアチェンジ犬を引き取ってくれたボランティアさんの家。のんびりやってるらしい。曲がり角を曲がって、新しい幸せを見つけたんだな」

「そっか。そういうボランティアもあるんだね」

「ああ。母さんは、それに申し込んでおけばよかった、って後悔してる。盲導犬を誕生させることばかり考えてたけど、実際にはキャリアチェンジも多いんだそうだ。繁殖や引退犬の余生を見守るのも含めて、盲導犬っていろんな人に支えられてるんだな」

「……前、夜遅くに勉強してるとき、足元にテオが来て、眠っちゃうことがあったんだ。あのあったかい感じ、忘れられない」

「最高の思い出だな」

「新しい家で、元気に暮らしてるんだよね？」

「ああ」

「それは、うちで育ったから、うちで幸せな時間を過ごしたから、その経験はテオにとって無駄になってないよね」

父さんはうなずき、僕の頭を撫でた。テオがくれた時間は幻じゃなかった。

僕は部屋を出た。灯りの消えたリビングで肩を落とす母さんに声をかける。

「大丈夫？　だいたい父さんに聞いた」

「そう」

ソファに並んで座ると、母さんが静かに話し始めた。

「犬はあっという間に大きくなっちゃう。でも、人間の子もそうかもしれないと思ったわ。修也も智也も日々成長して、変わっていくでしょう？　今日の智也は明日にはもういないんだなって思うと、嬉しい反面、さびしくもなる。子育てってずっと続くわけじゃないのね。いつかあなたのことも送り出す」

それはまだ先じゃないかと思ったけれど、大人の時間は子どもより早く過ぎるらしいから、僕は黙っていた。

「智也がどんな道を選んでも、わたしの大切な子だということに変わりはないからね。とにかく、生きていればオーケーだから。それ以外は些細《ささい》なことよ」

元気で生きていればオーケー。それはまさに、僕がテオに対して思う正直な気持ちだ。

いつの間にか父さんも来て座り、僕は真ん中に挟まれた。

「修也には部屋に入れてもらえなかったよ。少し時間が必要みたいだ。あいつは挫折した経験がないから、ショックだったんだな」

「……そうかもね」

「智也はどうだ？　きつくないか？　本来、子どもは遊ぶのが仕事なのに朝から晩まで勉強漬けで心配だ」

「父さんが思ってるより、僕は楽しんでるよ」

「そうなのか？」

「うん。テオと同じ」

確かに僕は修也ほどいい成績を取ったことがない。それでも、受験すると決めてから、知らない自分に出会えた。こんなにもがんばれる自分を知った。

「なるほどな。犬や子どもから、いろんなことを教わるな」

「やるだけやって二月一日を迎えたい」

入試までもう少し。あと少しだけ先を目指そう。

角を右に曲がるのか、左に曲がるのか、まっすぐ進むことができるのか。運命は読めない。どちらに進んでも、角の向うには今までに見たことのない景色が待っているはずだ。

ルウの幸福

天ヶ森雀

――ピロリン♪

樹海のような荷物を整理していたら、スマートフォンにメールの通知音が届いた。フリマアプリで出品物が購入されたお知らせだ。

「よっし！」

小さい声で快哉《かいさい》をあげたら、それに応えるようにルウが鳴いた。

「あんっ！」

ルウが横たわっているベッドに目をやると、白く濁った瞳《め》が何かを探るように視線を漂わせていた。――私の僕《しもべ》はどこ？

「あー」

トイレかな？　と身に付けている紙オムツをチェックしたが、特に汚れている様子はない。踵《かかと》や肩、腰に床ずれの兆候もなかった。とするとそろそろ散歩に行きたいのだろう。時計を見たら確かにもう夕方だった。

「じゃあ、コンビニでも行くか」

ちょうど発送できる荷物がいくつかある。ついでに夕食も何か買ってくれればいい。発送品と財布やスマホを布バッグにまとめると、羽根布団を敷いたベッドからそっとルウを抱き上げて、ペットカートに彼女を乗せた。ルウは心得ていて、騒ぎもせずにされるがままになっている。それでもペットカートの匂いや感触で、散歩に行けるのはわかるのだろう。

ルウはもう自力で立てないし歩けない。

ヨークシャーテリアとマルチーズのミックスであるルウを、元々飼っていたのは和希《かずき》の母方の大叔母である加奈子《かなこ》だった。そして独り暮らしだった彼女が急逝したのはつい先月末のことだ。

八十は過ぎていたから年相応の疾患はあったのかもしれないが、それでも元気に暮らしていた大叔母の死は寝耳に水で、定期的に訪れる民生委員さんが家の中で倒れていたのを見つけた時にはもう儚《はかな》くなっていたらしい。一応変死として病院に運ばれたが特に不審な点はなく、高齢者によくある突発性心不全と認められてからは、同じ市内に住む和希が奔走することになった。親戚の中で距離的に和希が一番近かったからだ。血縁的に最も近い和希の母は、現在父の転勤について行って県外在住だった。それでも急いで駆けつけ、和希と一緒に加奈子を見送る手配をした。

怒濤《どとう》の通夜や葬儀、諸々の手続きを済ませてひとまずは落ち着くと、残された大任は加奈子の遺品整理だった。加奈子は生涯独身で身内も少なく法定相続人は和希の母である美保子《みほこ》しかいない。しかし母とて父と買った持ち家があるので、もう一軒あっても困ってしまう。そこで白羽の矢が立ったのが、大学に通うために加奈子と同じ市内で独り暮らしをしていた和希だ。

「加奈子叔母さんち、元々両親であるあんたのひいおじいちゃんから継いだ家だから古くてボロいのよ。とてもじゃないけど相続する人間もいないから土地ごと売るしかないんだけど、その前に家の中のものを処分しなきゃいけないの」

自分の仕事を休んで諸々の手続きを済ませた母は、不意に味わわされた哀しみと疲労に、重いため息をつきながら続けた。

「もちろんそういう遺品整理専門の業者さんもいるけど、一軒家だと結構お金がかかるみたいで……だからあんたがある程度やってくれると助かるんだけど」

「分かった。日用品とか衣料品はどんどん処分していい？　判断つかないものは写メで相談するから」

なにせ通っていた福祉系の大学は感染症蔓延の予防対策でほぼ開店休業状態だった。リモート授業は多少あったものの、とにかく実習が難しい。それなりに張り切っていた実地研修も、受け入れ先が見つからずに中止のまま宙に浮いている状態だった。元々なんとなくで決めた進路で、自分に向いているかどうかもよく分からない。これで授業料は減額なしなのだから、学費を出してくれている親にも申し訳なかった。

「助かるわ。売れそうなものがあれば売っていいし。あとルウの世話だけど、近くにかかりつけの病院があったから、そこで詳しく聞けると思う」

「了解。薬も残り少ないみたいだから行ってみるよ」

大叔母がルウを飼い始めたのは十五年前、和希が四歳の頃だ。動物が大好きだった和希は加奈子が飼い始めたルウを触りたくてしょうがなかったから母にせがんで休みの度に連れて行ってもらったものだ。大叔母も歓待してくれていた。元々ルウは犬の里親制度で譲り受けた保護犬で、加奈子が飼い始めた時には四歳だったのだという。『和ちゃんと同い年ね』と大叔母が笑って教えてくれたのを覚えている。犬の四歳と言えば成犬も盛りだから、体力も漲り、加奈子の家の小さな庭を和希と二人（？）走り回っていた。むしろ精神的に大人な分、和希の方が遊んで貰っていた感さえある。

しかし小型犬の十九歳は人間で言えば既に九十歳を超えるらしい。目は白内障で見えず歩くのも困難で、ルウはすっかり寝たきりの要介護犬になっていた。ルウの診察券を元に動物病院を検索して受診する。加奈子の急な訃報を知った動物病院のスタッフ達は絶句し、涙ぐむ様子まで見せた。

「加奈子さん、それはルウちゃんのことを可愛がっていらしたんですよ。この子を看取るまで自分は死ねないっていつも笑いながら仰《おっしゃ》ってたのに」

「そうですか」

念のためルウを診て貰い、薬の与え方やマッサージの仕方等を習って病院を後にする。ルウは殆ど目を閉じたますやすやと眠っていた。

遺品の整理作業をしているとルウの世話を忘れそうになるので、餌や床ずれ防止の寝返りの時間はタイマーでアラームをセットしておく。

ほぼ動けないし目も耳も利かないものの、それでも散歩は行った方がいいらしい。風や日差しを喜ぶというので、その時間もセットした。

ルウの世話をしながら家の中のものを少しずつ処分する。冷蔵庫の中身、新聞や雑誌、古びた衣類や欠けた食器類。軽く手を合わせて黙禱《もくとう》してからゴミ袋に放り込む。押し入れや納戸《なんど》もチェックした。年寄りの独り暮らしと思えないほど、ものがたくさん出てきた。

色褪せた、箱に入ったまま使われた様子のないタオルやタオルケット、食器や鍋、靴下やアクセサリーも出てくる。おそらく結婚式の引き出物や旅行等のお土産で貰ってしまっておいたものだろう。

その手のものはリサイクルショップに持ち込んでも二束三文だろうから、母親の承認を得てフリマアプリに出品してみる。売れた。値段が破格だったのか、もしくは未使用美品が効いたのか。売れないものもあったが、売れるものは早かった。勢いづいてどんどん出品する。

「よーし、今日は結構実入りがよかったからご馳走だよ」

国産のささみを柔らかく蒸して細かく裂いてやる。それをとろみのついた老犬用の餌に混ぜるとルウは喜んで食べた。この老齢でまだ元気なのは、食欲があるのも大きいらしい。加奈子はルウの生も残り少ないだろうからと、結構好きなものを我慢させずに与えていたようだ。恐らくは客用だった、家で一番いい羽根布団に寝かせているのも同じ理由だろう。気持ちは分からなくもない。ご飯やおやつを食べるルウは幸せそうだった。

しかしこうしてルウを世話し、家の中を片付けていると、どうしても大叔母の死が自分の未来とオーバーラップしてしまう。加奈子が生涯独身だったのは実の両親が順番に病気で倒れたからだ。それぞれを介護している内に婚期を逃し、無事に両親を看取った時にはもう還暦近かった。親が遺《のこ》した家や僅《わず》かな遺産とささやかな手内職の収入、そして還暦を過ぎてからは自分の年金で加奈子は細々と暮らしていた。ルウを飼い始めたのもそれから数年経った頃だろうか。

自分もそんな風になる可能性が頭の隅をよぎる。このまま大学の授業が滞り続けたら？　結果的に就職ができなかったら？　バイトをしながら資格を取ることは可能だろうが、それでまともに仕事にありつけるのだろうか。ここ数ヶ月、殆ど家から出ていなかったし友達とも会っていない。彼氏は元々いないが出会うきっかけもなかった。元来人付き合いは得意じゃない。ただただ焦りと閉塞感が胸の中に充満する。

このまま結局は結婚はおろか、誰ともつきあうことさえせず、家の中にずっと引きこもって一生を終えるのではないだろうか。

――その内、子供の代わりに犬でも飼って？

考えすぎだとは思う。加奈子と和希では状況が違う。しかしつい考えてしまう。世間では暗いニュースばかりだ。自分に未来はあるのだろうか。

ルウはそんな和希の気持ちに気付くことなく、おなかがいっぱいになると満足げにまた目を閉じて寝息を立てている。小さなお腹がふこふこと上下していた。気楽なものだ、と思う。今、ルウの生殺与奪の権は和希が握っているというのに。

孤独な老後。その一言が胸に浮かんで、暗澹《あんたん》たる気持ちになった。


「ルウちゃん！」

話しかけられたのは散歩の途中だった。相手の女性は母より少し年上くらいに見える。ルウは聞こえていないのか全く気にせずカートの中でくうくう寝ている。

「あの……」

ルウを見た人に話しかけられることには慣れてきていた。主に犬連れだから大叔母がルウの散歩で顔見知りになった人たちだろう。その女性は犬は連れていないが、ルウを知っているからやはり顔見知りの飼い主だろうか。

「あ、突然すみません。私、この地区の民生委員をしていて——」

「あ、じゃあ……」

亡くなっていた加奈子大叔母を見つけたのはこの人か。

「お葬式にも伺ったんですけど、あの後ルウちゃんがどうなったか気になっていたので、つい声をかけてしまって」

「それはどうも……」

この場合はありがとうだろうか。思いつかずに和希は語尾を濁す。

「加奈子さん、ルウちゃんのことをそれは可愛がっていらしたから」

その女性はしみじみと言うと、瞳を潤《うる》ませ始めた。

「あの、大丈夫ですか……？」

「本当にね……あの時はびっくりしました。……だって歩けないはずのルウちゃんが倒れていた加奈子さんの顔をずっと舐めていたんですもの」

「え？」

ルウのベッドに柵はない。だから体を引きずろうと思えばできなくもないのかもしれない。だけど和希が世話を始めてからルウは一度も自力で動こうとはしなかった。そんなルウが動かない体を引きずって、大叔母のそばに？　彼女が息絶えるまでずっと？

「その時の、加奈子さんの顔がね、すごく幸せそうで……私、不謹慎ながら、なんて幸せな死に方をなさったんだろうと思ってしまって……」

「！」

「すみません、その、加奈子さんのお身内の方にこんなこと」

「あ、いえ」

そう言いながら、和希の体を不思議な衝撃が駆け抜けていく。

「大叔母は……その、幸せそうな顔だったんですか？」

「ええ。口元が微笑んでらして。遺されたルウちゃんは可哀想だけど、こんな風に愛するものにも見守られて逝《い》けるなんて、そうそうないなって」

彼女の声には、立場上今まで多く見聞きしてきたのかもしれない重い現実が透けて見える。そんな彼女をして、加奈子は幸せに見えていたのか。

「大叔母は……、幸せだったんでしょうか」

寝たきりの犬を抱えた、独りきりの生活の中で。

「……私にはそう見えました。ルウちゃんの世話も『もう大変なんだから』って言いながら、それでも楽しそうにとても丁寧になさっていて」

それを聞いた途端、顔が熱くなる。誤解が恥ずかしかった。てっきり自分と同類だと思っていたのだ。自分の行く末の孤独まで彼女に重ねていた。とんでもない。彼女はちゃんと彼女なりに幸せに生きていたのだ。

「ありがとうございます。その、大叔母を見つけてくださって」

頭を下げながら瞼《まぶた》がつんと熱くなってくる。ヤバい。泣きそうだ、と思った瞬間、ぼとぼとと涙が零《こぼ》れて地面に落ちていた。

「いえ、その、ごめんなさいね。大丈夫？」

和希の事情を知らないその女性が慌ててティッシュを差し出してきた。

「すみません。泣くつもりじゃなかったんですけど……」

「ううん。悼《いた》んで差し上げるのもご供養ですよ」

「……はい」

その時、カートの中でルウが「あんっ」と鳴いた。

「あ、おむつかな？」

慌てて手早く汚れたおむつを取り替えてやる。しかしルウは更に微《かす》かに頭を上げて周囲を探る目をする。それはルウが時折見せる姿だった。

「……加奈子さんを探しているのかしら」

そうかもしれない。けれど答えられずに和希はルウの頭を撫でてやる。ルウは満足そうに鼻を鳴らした。まるで「ご苦労」とでも言う王様のように。そんなルウの様子に、和希は彼女と顔を見合わせて小さく吹き出す。

「ルウは大丈夫です。いずれ実家に連れ帰ることになると思いますが、大叔母の分までちゃんと面倒見ますので」

「そう。よかった」

心からの笑顔に、和希はまぶしそうに目を細める。

「あの、本当にありがとうございました」

「いいえ。私は何もしていませんし」

「それでも……お話を聞けてよかったです」

そう言うと、彼女は少し遠い目をする。

「私も……話したかったのかもしれません。できればお身内の方に」

最後に彼女は「よかったらこれを」と、手帳に挟んであった写真を一枚、和希に手渡した。背景からすると地区のお祭りか何かの日だろうか。写真の中で、ルウを抱いた加奈子が楽しそうに笑っていた。

「加奈子さん、ケータイでルウちゃんを撮ろうとするといつも失敗するって仰ってたから、いつかお渡ししようと思って持ち歩いていたんです。でも結局お渡ししそびれちゃって」

すまなさそうに言う彼女からお礼を言ってそれを受け取り、お互いに小さく会釈《えしゃく》してその場を後にする。和希の中で何かがふわりとほどけて溶けていた。

ルウを守る。加奈子の分も、いずれ迎える最期の日まで。そのために、今は自分が何をできるか考えよう。

「その前にあの家を片付けないとだなあ」

できれば売れるものは全部売って、ルウの餌代や薬代を稼がねば。

和希はルウを乗せたカートを押して古い家への道を歩き始めた。

眠るルウの胸はカートの中で穏やかに上下している。

加奈子の家に戻ってから、解約したまま置きっぱなしになっていた加奈子の携帯電話を手に取って、フォトアプリを開く。『ルウ』とタイトルが付けられたボックスには、大量のルウの写真が入っていた。しかし面白いくらいに殆ど見切れたりぶれたりしている。まともに写っているのは眠っている時くらいであった。

「あー、加奈子叔母さん、確かに写真撮るの苦手って言ってたなあ」

くつくつと笑いが零れると、和希の胸に小さな灯がともる。

「ルウ、お前、幸せ?」

眠っている犬は答えない。けれどその穏やかな眠りは、加奈子が大事に守ってきたものであり、加奈子とルウの絆《きずな》の証でもあった。

眠るルウのカールした薄茶色の毛が、夕陽に当たってきらめいていた。

震災犬と、回り道

栗栖ひよ子

小高い山の裾《すそ》まで続く、だだっ広い敷地の古民家。

私を含むボランティア部のメンバーは、その光景を見て感嘆のため息をついた。

わが松園《まつぞの》高校ボランティア部の部員は五人。一年生は私ひとり、二年生はふたり、三年生も部長を含むふたり。唯一の男子部員である部長を除き、ほかは女子生徒だ。

「えー、このたびは、わがNPO団体の被災ペットシェルターにお越しくださり、誠にありがとうございます。若い高校生のみなさんがボランティアに来てくださるということで、職員一同楽しみにお待ちしていました。今日はよろしくお願いします」

三十歳くらいの小太りで眼鏡の男性が、額に汗をたらしながらそう挨拶した。

学校ジャージに私物の帽子をかぶった部員たちは、「よろしくお願いします！」と元気に返して頭を下げる。

ここは、東日本大震災で被災し、飼い主と離ればなれになってしまったペットを保護している施設だ。あの震災で、この北関東の町も少なからず被害を受けたけれど、一年半たった今ではほとんど復興し、東北地方への支援に力を入れているところだ。

私も、あの震災に衝撃を受けたひとりだ。当時は中学生だったので、被災地のためになにか行動したくても、コンビニの募金箱に小銭を入れることくらいしかできなかった。

高校に入学して、ボランティア部があることを知った私は『これだ！』とひらめいた。

ボランティア部に入れば、ひとりでは不可能な震災支援ができるのではないかという安直な考え。

入部早々、私が「震災支援のボランティアはありませんか!?」とまくしたてたので、顧問も先輩たちも『熱意のある新入部員が入ってきた』と涙を流して喜んでいたらしい。

入部してから半年、地域のボランティアの合間に、学校全体で募金を集めたり、学校の備品の寄付をしたりと、間接的な支援を続けてきた。そしてやっと今日、被災ペットのお世話という形で、直接的な支援にあたれる。

犬も猫も大好きだし、初の肉体労働がこんな楽しそうなボランティアでいいのかと、今日のこの日をわくわくしながら待っていたのだ。

「ここにある、もと豚舎は大型犬の小屋になっています。畑を挟んで向こうに見える藁葺《わらぶ》き屋根の平屋の裏には中型犬がつながれていて、二階建ての別棟では猫を保護しています。まずは猫のほうに行ってみましょうか」

広大な敷地を歩きながら、職員さんは私たちに説明してくれる。

「被災ペットといっても事情は様々です。震災で飼い主を亡くした子はもちろん、今まで住んでいた家が流されたり倒壊したりして、飼い主さんが手放さざるをえなかったケースもあるんです」

二階建ての別棟は、プレハブ小屋のような作りだった。一階と二階に猫をわけてお世話しているそうだ。それぞれ十四弱という、すごい数だ。

「二階にいる猫は、猫白血病か猫エイズにかかっている子たちになります。陰性の子たちと一緒にいるとうつしてしまうので、こうして階をわけているんです」

猫エイズも猫白血病も治らない病気のため、二階の猫たちは里親がなかなか見つからないらしいのだ。引き取るほうとしては、やはり長生きしてくれる猫を飼いたいと思うのだろう。

そんな事情を聞き、二階担当になった私と二年の先輩は大量の餌皿を洗ってキャットフードの準備をしながら、なんだかしんみりした空気になっていた。

「この子、こんなに人懐っこいのにね……。病気ってだけで、弾かれちゃうんだね」

しきりに先輩の足に頭をすりつけている茶トラの猫。この子は人懐っこすぎるせいで、ほかの猫からいじめられているらしい。

「猫の世界にもいじめがあるなんて思わなかった」

「私もです」

『犬や猫とふれあえて、楽しいボランティア』と考えていた自分が、このときすでに恥ずかしくなっていた。私は、ここに保護されているペットたちの事情にまで想像が及んでいなかったのだ。

そしてそれは、次に訪れた中型犬の犬小屋で、ますます痛感することになる。

古民家の裏庭で鎖につながれた数頭の中型犬たちは、私たちを警戒してワンワン吠えている。

どうしてこのシェルターに小型犬がいないのか、質問する部員はいなかった。

小型犬は引き取られやすいし、せまい家でも飼えるから手放す飼い主さんが少ないというのは、高校生でも簡単に想像できたから。

でも、人懐っこい犬がいないというのは私には想像できず、こちらに向かってしっぽを振ってくれる犬が一匹もいなくて胸が痛んだ。この子たちが、震災での傷をまだ抱えている証拠だ。

「この茶色の男の子なんですけど、この子が一番気難しいんですよ。特に、背の高い男の人とか、白い服を着た人が来るとすごく吠えるんです」

以前かかった獣医さんが背の高い男性だったから、それを覚えているんだろうという話だった。

「痛い思いをしたのは忘れないんですよね。人間としては、よくなってほしいから治療するのに、犬はそんなことわからないから……」

茶色の犬と、目が合う。そっと前に進み出ると、今まで吠えていたのが静かになった。

「あれっ、この子がこんなにおとなしくなるのめずらしいですね」

職員さんが目を丸くする。ためしに手を伸ばすと、なでさせてくれた。部員たちから、「おおー」というどよめきがあがる。

「普通、初日でなでさせてなんてくれないんですよ、この子」

「そうなんですか」

ためしに部長が近づいてみたら見事に唸《うな》られて、がっくり肩を落としていた。

「小柄な女性だからでしょうか。正反対の特徴だから、安心したのかもしれませんね」

たしかに私の身長は低いし、ジャージも紺色だ。背が低いのはコンプレックスだったけれど、『チビでよかった』って、生まれて初めて思った。

「最後は、犬たちの散歩をお願いします」

お昼過ぎに来たのに、もうすでに夕方になっていた。秋は日が落ちるのが早いけれど、犬たちには涼しくていい時間帯なんだろうな。

「中型犬と大型犬あわせて十四以上いるので、力がある方は二匹同時でお願いしますね」

この子は力が強いので一匹だけで、こっちの子たちは仲がいいので二匹同時で、と職員さんが犬を部員に割り振ってくれる。

「あなたは、この子をお願いします」

私が担当するのは、さっきなでさせてくれた茶色の子だった。

「この子はピースっていうんです。以前の名前は新しい飼い主さんになったら変わるので、あまり使わないようにしているんですけど……。もしなにかあったら、呼んであげてください」

ピース——平和。この子と出会ったとき、飼い主さんは『平和な世の中で、平穏に生きていけますように』と願って名付けたんだろう。

ごめんね。人間の都合で振り回して、ごめんね。だれもこの子に不幸になんてなってほしくないのに、波瀾万丈《はらんばんじょう》な人生を生きることになってしまった。目の奥がじんわり熱くなったので、ごまかすように明るい声を出す。

「よし、行こう」

私はピースのリードをしっかり握って、見渡す限りの田んぼ道を進む、ほかの部員たちを追いかけた。

「普段は職員の数が足りなくて、ひとりで何匹も同時に散歩させているんですよ。おかげで腕の筋肉だけはつきました」

うしろから、大型犬をつれた職員さんに話しかけられる。

「そうなんですか……」

「今日は楽で助かります」と言われたが、今日しかボランティアに来られないことを申し訳なく思った。もちろん、顧問に相談すればまた連れてきてもらえるだろうが、年間のボランティア計画があるので毎週というわけにはいかない。たとえば、個人的にボランティアに来るのはありなのだろうかと考えてみる。

家からバスを乗り継げば、なんとかなるはずだ。そうなると、土日のボランティア部の活動は、休まなければいけなくなるけれど……。

「マーキングのために、何カ所かにわけてオシッコすると思うんで、そのときは立ち止まってあげてくださいね」

「はい」

ピースは歩みをゆるめ、道路のわきにはえた草をくんくんとかいでいる。これはそろそろ、用を足しそうな雰囲気かも。

うんちの処理用に、スコップと紙袋も持たされている。軍手もつけているので、準備は完璧だ。

力は思ったより強いけれど、ピースはお行儀よく歩いている。今のところ、困るような行動はなにもない。

部長が「こら、そっちじゃない！」と叫びながら苦戦しているのが前方に見えたので、スムーズに終わりそうでホッとしていた。

事件が起きたのは、ピースの歩調にも慣れ、田んぼ道を折り返したあたりだった。

ピースが急に立ち止まり、耳をぴくぴくさせたと思うと、全速力で走り出したのだ。

「えっ、ちょっ、ちょっと待って！」

力ではかなわず、私は転びそうになりながらピースに引っ張られる体勢になる。

それでも、このリードだけは離しちゃいけないと、必死になって食らいついた。

このあたりは車の通りは少ないけれど、もしものことがあったら……。考えただけで血の気が引く。

「……っ、ピース！」

名前を呼んだけれど、止まってくれる気配はない。

「部員さん！　大丈夫ですか⁉」

職員さんの声がうしろから聞こえるけれど、息があがって返事ができない。

「も、もう限界かも……」

足がもつれ、もうついていけないと感じたとき、ピースは農作業をしていたおばあさんの前で足を止めた。

「えっ……？」

背中を折ってはあはあと息をしながらピースの様子を観察すると、なんとしっぽを振っていた。

なでさせてくれたときも、しっぽだけは振らなかったピースが、なんで？

呆然《ぼうぜん》としていると、おばあさんが私たちに気づいて振り向く。

「あら、ワンちゃんにお姉ちゃん。こんにちは」

「こ……こんにちは」

おばあさんと目が合った瞬間、揺れていたピースのしっぽが力なく垂れ下がる。そしてそのまま、今度は普通の速度で、もとの散歩コースに戻っていく。

「大丈夫でしたか？」

やっともとの道に合流できたとき、職員さんが玉の汗をかきながら、心配そうに声をかけてくれた。ほかの部員たちも、離れた場所からちらちらと私のほうをうかがっている。

「は、はい、なんとか……。でもピース、急にどうしたんでしょう」

私の問いに、職員さんは眉を下げて悲しそうな顔をした。

「ピースの前の飼い主さん、年配の女性だったんです。農家だったと聞いています」

「えっ、じゃあ……」

「似ていたんでしょうね、さっきのおばあさんに。雰囲気とか、格好も……」

ピースは、飼い主さんとまた会えたと思って走り出したのだろうか。東北から離れた北関東の町に来てもずっと、飼い主さんのことは忘れていないのだ。

「会いたいんですね、ピースは。……当たり前ですよね」

声が、震える。うつむく私の目から落ちた涙が、アスファルトの上にぽたぽた落ちた。

帰りのバスの中では、みんな無言だった。今日の感想についてレポートにまとめてくるように、という顧問の言葉に、みんな力なくうなずく。

私はシェルターをあとにしてからずっと、後ろ髪を引かれるような居心地の悪さを感じていた。

学校に戻り、帰宅してもずっと上の空で、レポートもまったく進まない。

「ねえ、もし私が犬を飼いたいって言ったら、どうする？」

夕飯時、思い切って両親に相談してみた。うちでは今までペットを飼ったことがないし、飼おうかという話も出たことはない。

「動物を飼うのって、簡単なことじゃないのよ」

「お父さんは反対だな。小さいころ犬を飼っていたけれど、亡くなったときにだいぶつらい思いをしたから」

案の定、母も父もしぶい反応だ。ペットの話が出なかったのは、父の経験のせいだったのか、と初めて知った。

「でも、今つらい思いをしている犬がいて、うちで飼うことで助けられるとしたら？」

助けられる、なんておこがましいかもしれない。シェルターにいることがつらいことだなんて思ってはいない。でも、新しい飼い主と家を見つけて、そこで天寿をまっとうするまで生きることができたら、それはピースにとって一番平和で、幸せなことなのではないだろうか。

「今日のボランティアは、被災ペットのシェルターだったな。かわいそうになって、今だけそんな気持ちになっているのかもしれないぞ」

父の言葉が胸を刺す。そう誤解されるのも当たり前だ。

「同情でそう思ったわけじゃないの。ボランティア部だけじゃなくて、個人でももっとシェルターに関わりたいと考えていて……」

両親は、顔を見合わせる。

「それなら、その気持ちが今だけじゃないと、証明してみせなさい」

「えっ、どうやって？」

父が出した条件は、ふたつ。まずは何カ月かシェルターにボランティアに通うこと。ボランティア部の活動や、学校の勉強はおろそかにしないこと。

休日のボランティア部の活動は土日のどちらかなので、休みの日をシェルターのお手伝いにあてることに決めた。

月曜日の部活の際、顧問と部長に報告して、その旨を団体の職員さんに連絡してもらう。個人的なお手伝いも、いつでも大歓迎だと言ってもらえた。一回で終わるボランティアの人が多い中、続けてくれる高校生は初めてだ、とも。

「ピース！」

その次の日曜日にピースに会いにいくと、私のことを覚えていたのか自分から寄ってきてくれた。

「ピース。冬には、一緒にうちに帰ろうね」

そう言ってなでると、意味がわかったのかピースは「くぅん」と声をあげる。

幸せになるために回り道をしてきた、ピースと被災ペットたち。

どうかこの先の未来が、この子たちにとって平和なものでありますようにと、澄んだ秋の空に願った。

だいぼうけん

ひらび久美

パリで開催中の国際フルートコンクール。その一次予選通過者の中に、矢上《やがみ》怜《れい》の名はなかった。

念願だった音楽大学のフルート専攻に入学したのは三年前のこと。半年前にここフランスの提携校に留学し、その集大成ともいうべき国際コンクールに参加した。国内のコンクールでは入選したこともあったけど、やはり世界のレベルは違う。でも……これで進路の迷いは消えた。

一週間後、怜は半年ぶりに日本に帰国した。関西国際空港《かんさいこくさいくうこう》からバスに乗って自宅の最寄り駅を目指す。

家に帰ったら何よりもまず、大切なきょうだいで、家族で、大親友のクッキーをギュッてしよう。半年分のエネルギー補給だ。

焦げ茶色の目が凛々《りり》しいオスの中型犬の姿を思い浮かべ、怜は口元を緩めた。

クッキーは十一年前、生後四ヵ月の時に怜の家にやってきた雑種犬だ。小学四年生だった年子の妹の凛《りん》が、同級生の家で生まれたのをもらってきたのだ。

怜はクッキーが散歩デビューして間もない頃のことを思い出す。

「クッキー、お散歩楽しかったねぇ！」

凛はクッキーの頭や頬をわしゃわしゃと撫で回した。怜は顔をしかめ、クッキーの糞《ふん》を入れた可燃ゴミ用袋の口を縛りながら、恨めしい気持ちで凛を見る。

（飼いたがったのは凛なのに）

共働きの両親に反対されたのを、凛が「私がちゃんと面倒を見るから！」としつこくねだってもらってきたのだ。茶色に焦げ茶色の毛が混じっているので、凛は〝クッキー〟と名づけてかわいがっている。

そう、妹はかわいがっているだけだ。散歩の後、クッキーの足を洗うのも、歯を磨くのも、クッキーが家の中で粗相《そそう》をしてしまった時に後始末をするのも、全部姉の怜だ。凛はおやつをあげたり、気まぐれにブラッシングしたりするだけ。

「ちゃんと面倒を見る」と言ったのに見ないもんだから、結局、怜が世話をする羽目になっている。たった一歳しか違わないのに、姉というだけで「怜はお姉ちゃんなんだから、凜の代わりに面倒を見なさい」なんて理不尽なことを言われて、クッキーの世話を押しつけられているのだ。

なんで私ばっかり……とイライラしながら、縛った袋を庭のゴミ箱に捨てた。

そんなことが続いたある日。怜は小学一年生の時に通い始めたフルート教室から、目に涙を溜めて帰宅した。難しい課題の曲をちゃんと吹けるようになっていなかったので、先生に厳しく叱られたのだ。

運動会の準備で放課後何日か残ったため、十分な練習時間が取れなかったのだけど、そう言ったら、言い訳だと余計に怒られた。

涙が零れ、鼻をすすりながら庭に自転車を駐《と》めた。フルートの入ったリュックを肩にかけ、唇を引き結ぶ。我慢しようとしても勝手に涙が溢《あふ》れてくる。

（凜に見られたら、絶対にからかわれる）

怜は家に入らず、庭の隅にある物置の陰で膝を抱えて座った。下唇を嚙《か》みしめて涙をこらえようとした時、突然ぺろりと頬を舐《な》められた。

「わっ」

驚いて顔を上げたら、庭に出されていたクッキーがいた。子犬らしい丸っこい体でちょこんと座って、焦げ茶色の瞳で怜をじっと見ている。あどけなく澄んだ丸い目に見つめられ、自然と涙が込み上げてきた。

怜は膝に顎《あご》を押しつけながら、ぼそぼそと言う。

「一年生の時に公園で無料の吹奏楽コンサートを見たの。そしたら、最前列のお姉さんたちがすごくきれいな音色の楽器を演奏してたんだ。フルートってい う銀色の細長い楽器なんだよ。音色に憧れて習わせてもらったんだけど……先生が怖くて厳しくて……本当につらいの。ぜんぜん楽しくないんだ」

年子の妹はフルートは習っていないが、歳が近くライバルのような存在だ。そんな凛に弱音を吐きたくないし、親に話せば「自分が習いたいって言ったんでしょ」「嫌なら辞めればいい」と言われるだけ。

(犬に人間の言葉がわかるわけないのに……思わず愚痴っちゃった)

チラッと見たら、クッキーは怜の腕に前足をかけ、怜の頬をぺろぺろした。

「……くすぐったい」

怜は顔を背けた。クッキーは伸び上がるようにして怜の頬を舐める。涙を拭ってくれているようなその行動に、怜は笑みを誘われた。

「クッキーってば、もしかして慰めてくれてるの？」

怜は手を伸ばしてクッキーの顎に触れた。こうやって撫でたのは初めてだけど、ふわふわの毛並みの温かさに心がなんだかホッとする。

「あーあー、家に入りたくない」

怜がつぶやいた時、クッキーは前足を下ろして門の外に向かって吠えた。

「どうしたの？　散歩に行きたいの？」

怜が話しかけると、クッキーは丸い目で怜を見て「ワン」と鳴いた。そうだよ、と言わんばかりの愛らしい表情に、自然と怜の口が動く。

「いいよ、わかった」

怜は立ち上がってリュックを背負った。凛に気づかれないよう静かに玄関扉を開けて、リードと散歩用のトートバッグを摑《つか》む。クッキーの首輪にリードをつけて門を出た。目的地はいつもの散歩コース、家の近くを流れる大きな川だ。

だが、河川敷《かせんしき》に着いた後も、クッキーは怜を誘うようにぐいぐい歩き続ける。

「どうしたの？　もっと歩きたいの？」

怜はクッキーに引っ張られるまま、川沿いの遊歩道を下流へと進んだ。クッキーは生後半年とは思えないくらい、力強い足取りで歩いていく。

十月中旬の夕方五時過ぎはまだ明るく、歩いているうちにさまざまな人を見かけた。サッカーボールでリフティングをしている中学生の男の子、スケートボードをしている二十代前半くらいの男性、川岸に座っている大学生くらいのカップル……。普段出会わないような人たちばかりだ。

「クッキー、どこまで行くの？」

そう声をかけた時、楽器の音が聞こえてきた。少しかすれているが、木管楽器特有の温かみのあるそれは、クラリネットの音だ。クッキーの進む方向に歩いていくと、ベンチのある小さな広場に着いた。そこでは、高校の制服を着た男子がクラリネットの練習をしていた。ぽっちゃりした顔を紅潮させて、一生懸命吹いている。怜はその後ろを通りながら、音色に耳を傾けた。低音はかすれているし、音程もふらふら。なかなかひどい有様だ。

(あんな大きなお兄さんでも上手に吹けないんだ)

クッキーが足を止め、怜は振り返って男子高生を見た。その時、同じ制服を着た背の高い女子高生が、土手の石段を下りてきた。目鼻立ちのはっきりしたボブカットのお姉さんで、同じく手にクラリネットを持っている。

「下手くそ」

女子高生はちょっと意地悪な口調で言った。男子高生はクラリネットを下ろし、ムッとした顔で答える。

「リコに言われなくたってわかってる。だから練習してるんだよっ」

リコと呼ばれた彼女は、男子高生の前で足を止めた。

「部活が終わってから河川敷で自主練かぁ。リョウタは真面目だね。一人じゃ寂しいでしょ。私が練習に付き合ってあげる」

「誰も頼んでないし」

リョウタは不機嫌そうに言ったが、リコは構うことなくクラリネットを吹き始めた。言うだけあって、彼女は伸びやかで華のある豊かな音を鳴らす。

リョウタはため息をついたものの、すぐにマウスピースを咥《くわ》えた。二人は思い思いに演奏していたが、そのうち同じ曲を吹き始めた。

「あ」

怜は思わず小さく声を上げた。それは怜が大好きな海外アニメ映画のテーマ曲だった。フルートとクラリネットの二重奏で、いつか絶対にクラリネットと一緒に演奏したいと思っていた曲だ。

（えーっ、いいなぁ、一緒に吹きたい！）

怜は胸がうずうずしてたまらず、リードの持ち手をベンチに置いた。リュックを下ろしてフルートを組み立てる。それを構えて二人の方を見ると、目が合ったリコが小さく首を傾げた。吹けるの？　と問いかけるその表情に、怜は一度頷く。大きく息を吸い込み、クラリネットの音に乗せてメロディラインを吹き始めた。リコは目を細めて頷き、フルートとクラリネットの三重奏が始まる。

秋の空の下、怜は気持ちよくフルートを吹いた。爽やかな風に乗って音が運ばれていく。目を閉じると、映画の中のプリンセスになったような気さえする。

最後の音を吹き終えて目を開けた時、リコが近づいてくるのが見えた。

「小学何年生？　上手だねぇ。いつから習ってるの？」

リコは怜の前で足を止め、腰を折って怜と目の高さを合わせた。

「五年生だよ。一年生の時から習ってるの。でも、今日もフルート教室の先生に怒られたんだ」

怜が素直に答えると、リョウタが近づいてきて、リコを目で示しながら言う。

「俺もリコに怒られてばっかだよ」

「怒られたら悲しくならない？」

怜が問うと、リョウタは笑みを作って怜を見た。

「悲しいというより悔しいかな。でも、何よりクラリネットが好きだし、うまくなりたいから、がんばれるよ」

リコが腰に左手を当ててリョウタを見る。

「その気持ちを知ってるから、私もこうやって練習に付き合ってあげてんの！」

「だーかーらぁ、誰も頼んでないってば。くっそ、今に見てろよ。絶対にもっとうまくなってやるー！」

リョウタの最後の叫び声を聞いて、怜もつられたように声を張り上げる。

「私も！　私もうまくなりたい！　もっともっとうまくなりたぁーい！」

リコが励ますように怜に笑顔を向けた。

「その気持ちがあれば、大丈夫だよ」

「ほんとにそう思う？」

「もちろん！　さっきの曲、十六分音符が並んでるところでも、しっかり音が出てたよ。好きって気持ちを忘れなければ、きっともっと上手になれるよ！　練習がつらくなったら、うまくなりたいって気持ちを思い出してね」

クラリネットを上手に吹いていたリコに言われて、怜は嬉しくなった。

「うん、ありがとう！」

怜は二人に「バイバイ」と手を振ると、クッキーに向き直った。クッキーはお利口にも、ベンチのそばでお座りをしたまま待っていた。

「クッキー……ここまで連れてきてくれてありがとう」

怜はフルートをリュックに片づけ、クッキーをギュッと胸に抱いた。気づけば空が茜《あかね》色に染まっている。夕日が反射して、川面《かわも》もオレンジ色に輝いていた。

「いつの間にか夕焼けになっちゃったね。そろそろ帰ろうか」

怜はクッキーを促し、来た道を戻り始めた。次第に辺りが暗くなったが、クッキーと一緒だと、不思議と不安はなかった。

「ただいまぁ」

怜が玄関扉を開けた途端、足音荒く母が廊下を歩いてきた。

「怜！　こんなに暗くなるまでどこ行ってたの⁉　心配したんだからねっ」

眉を吊り上げた怖い顔で母に見下ろされ、怜は首をすくめた。

「ちょっと河原まで……」

「河原ですって⁉　女の子がこんな遅くまで出歩いてたら危ないでしょ！」

「大丈夫だよ、クッキーが一緒だったもん」

「クッキーはまだ子犬なんだから、番犬としては頼りないわよっ」

母は言って、怜が抱いている小さなクッキーに視線を移した。

「あ、私、クッキーの足を洗ってくるねっ」

怜はそれ以上小言を言われる前にと、母の横をすり抜けた。風呂場に入って
クッキーの足を洗いながら、楽しい気分で話しかける。

「ね、クッキー、今日はだいぼうけんだったね！　すっごく楽しかったよ。クッキーは？　楽しかったかなぁ？」

返事をするようにクッキーは「ワン」と元気に吠えた。

この時からクッキーは怜のきょうだいで、家族で、大親友になったのだ。

それから十一年。人間の歳で言えばクッキーの方がずっと年上になったが、
クッキーは変わらず怜と一緒に遊び、散歩に行き、愚痴を聞いてくれた。夢の
ためとはいえ、六ヵ月も離ればなれになったのは初めてのことだ。
またいっぱい一緒に遊ぼう。たくさん一緒の時間を過ごそう。
そんなことを思いながら、怜は自宅の門を抜けて玄関扉を開けた。

「ただいまぁ！」

スーツケースを置いて両手を大きく広げた。普段学校から帰ってきた時のように、クッキーが駆けてくるのを待ったが……廊下はしんとしている。

「クッキー？」

リビングの方から甘えた鳴き声が聞こえてきた。廊下に上がってリビングに入ると、ソファに凜が、犬用のクッションにクッキーが座っている。

「お帰り、お姉ちゃん。フランス留学は楽しかった？」

「ただいま。すごく勉強になったよ。クッキーもただいまぁ」

怜は床に膝をついて、クッキーの背中を撫でた。十一歳のクッキーは人間で言えばすっかりおじいちゃんだ。怜は冗談めかして言う。

「出迎えに来てくれないなんて、半年離れてたから、私のこと忘れちゃった？」

クッキーがゆったりと尻尾《しっぽ》を振るのを見て、凜が言う。

「やっぱりクッキーはお姉ちゃんが大好きなんだね。お姉ちゃんが帰ってきたからか、いつもよりすごく元気だよ」

「えっ、これですごく元気なの⁉」

怜は驚いて凛を見た。急に不安に襲われ、胃の辺りがギュッとなる。

「うん。お姉ちゃんがフランスに行って三ヵ月くらいしてからかな〜。散歩に連れていってもほとんど歩かなくなったんだ。だいぶ足が弱っちゃったみたい。最近では散歩に行く時、お母さんが買ったカートに乗せるんだよ」

「カート？」

「うん。庭にあるよ」

怜はクッキーを促して廊下に出た。後ろ足が滑るような歩き方になっていて、足腰が弱っているのだとわかる。抱き上げたら、記憶にあるよりも軽かった。会わずにいた半年で、こんなにも歳を取ってしまったなんて……。

「……クッキー、久しぶりに私と散歩に行こうか」

怜はクッキーをカートに乗せると、春の穏やかな日差しの中、河原に向かった。やがて、小学五年生の頃、高校生二人と〝共演〟した広場に着く。

「ねえ、クッキー。あの時クッキーがここに連れてきてくれたおかげで、私、フルートが大好きなまま大人になれたよ。フランスに行って、子どもたちにフルートを好きになってもらえるようなフルート講師になろうって決めたんだ」

怜はクッキーを草の上に下ろしたが、クッキーはその場に寝そべって、とろりとした目で怜を見た。今までとは違う様子に、怜は自分とクッキーでは残された時間が違うのだと痛感した。怜の愚痴も泣き言も寄り添って聞いてくれたクッキー。親にも友達にも言えないことでも、クッキーには言えた。きょうだいで、家族で、大親友だったクッキー。二十一歳の怜にとって人生はまだまだ長いのに、怜の約半分の年齢で、クッキーはもうおじいちゃんなのだ。

（それはどうしようもないことだけど……でも、そんなの……）

怜が焦燥感に襲われた時、クッキーがゆっくりと首を上げて怜の頬を舐めた。落ち込んだ時、悲しい時、いつもこうしてくれた。外見は老いても心は同じ。変わらないクッキーの優しさに、目の奥がじんとする。

「ねえ、クッキー、またまだ一緒に〝だいぼうけん〟してね……」

怜はクッキーを抱き上げ、艶の落ちた頬の毛に自分の頬を寄せた。

君の名はタオル

杉背よい

君江《きみえ》先生は、テストで頑張った生徒にささやかなご褒美をあげる。それは小さな黒い犬のぬいぐるみだ。初めて君江先生にそれをもらった生徒は大抵戸惑う。「何ですか、これ」と言いながらも、まんざらでもなさそうな顔をして鞄《かばん》にしまう。男子でも女子でも反応は同じだ。

君江先生は黒縁眼鏡をかけていて、普段はまったく笑わない。一つに束ねた長い髪に、黒かグレーのワンピースかスーツを着ている。声は低いがはっきりとしていて聞きやすい。今は個人塾の先生をしているが、以前は中学校で長い間教壇に立っていた。そんな真面目の塊みたいな印象の君江先生がいきなり犬のぬいぐるみをくれるのだから、生徒が面喰うのも無理はない。

「もらってもいいんですか」

「テストを受ける前に目標点を書いたでしょう。それが五教科全部超えていたから、私からのお祝いです」

君江先生は、ただテストの点数が良かった生徒にご褒美をあげるわけではない。生徒一人一人が自分で定めた目標をクリアした時に評価するという先生の方針を、俊太《しゅんた》はとてもいいなと思っていた。

あるときご褒美をもらった女子生徒が、嬉しそうに君江先生に訊《たず》ねた。

「先生、このワンちゃん、名前ってあるんですか？」

すると君江先生はにこりともせずに「あります」と答えた。興味津々な視線を向ける生徒たちに、君江先生は「タオルです」と短く答えてすぐに立ち去った。確かに犬のぬいぐるみは黒いタオルでできていた。それから生徒たちは、君江先生からのご褒美を「タオル」と呼んだ。最初はもう少し気の利いた名前はないのだろうか、とも思ったが、少し時間が経つとぴったりの名前に思えた。

光島《みつしま》俊太は、この塾で講師のアルバイトをしている。大学生の頃から始め、院生になった今も六年も勤めているベテランだ。実は俊太は君江先生の甥《おい》だった。この塾で働くに当たり、「君江伯母さん」と呼ぶには差しさわりがあったので「君江先生」と呼び、そのまま塾以外の場所でも君江先生と呼ぶようになってしまった。君江先生には「先生」という雰囲気がよく似合っていた。「先生」と呼ばれても静かに「はい」と答える君江先生のいつも変わらない凛とした横顔を、俊太は好ましい気持ちで眺めていた。

君江先生は、俊太の育ての親でもあった。俊太の母親は、俊太が四歳の時に駆け落ちした。その日の幼稚園の帰り、迎えに来てくれたのは母方の祖母で、どこかおかしいなと思った。夜になっても戻って来なかったので、俊太は「お母さんがいない」と泣いた。父親は海外赴任をしていて、普段から一緒には暮らしていなかった。母親は俊太が幼稚園に行っている間、祖母にだけ「俊太をお願いします」と電話をし、突然失踪した。その電話に異変を察した母方の祖父母は俊太の元へ駆けつけ、俊太はそのまま祖父母の家に引き取られた。

父方の祖父母は既に亡くなっていて、父親もすぐに海外の赴任先から戻れず、やむなく母方の祖父母の元に預けられたのだという事情は、後で知った。両親は揉《も》めた末に離婚し、俊太は祖父母の元で暮らすことになった。

当時、父親はしばらく海外から帰ってこられず、俊太はすぐに母親が戻って来るのだと思って、最初は外泊のつもりで気楽に祖父母の家で生活していた。

――お母さん、まだなのかな。

だが、一週間ほど経って不安を感じ始めたある日、小型のスーツケースを持って祖父母の家にやってきたのが君江先生だった。

「あ、君江おばちゃん！」

祖父母の家での外泊が長くなってきたので、だんだん心細くなっていた俊太は君江先生の顔を見て、何故かホッとしたことをよく覚えている。それまでにも何度か、俊太は君江先生に会っていた。お盆やお正月に集まって話したことがあったし、おもちゃやお菓子をお土産に買ってきてくれたことも度々あった。

幼心にも君江先生はクールな印象があり、「ちょっとこわいおばちゃん」だと思っていた。母親に対するようにふざけて甘えたりはできなかったが、俊太は君江先生が気になって、もっと話してみたいと思っていた。

駆けつけた君江先生はスーツケースからてきぱきと中身を取り出して、空いている箪笥《たんす》にしまい始めた。

「今日、泊って行ってくれるの？」

そう訊ねた俊太の顔を君江先生はじっと見て、「違います。今日からここで暮らすんです」と言った。その言い方は堂々としていて、俊太はとても心強い気持ちになった。

それから君江先生と、祖父母との暮らしが始まった。小学校に上がる頃、俊太は母親が出て行った事情を知った。「お父さんではない別な男の人と出て行った」という事実は、まだ幼い俊太の胸を抉《えぐ》った。何もかも嫌になり、優しくしてくれる祖父母に当たり散らした。

「お母さんは僕が嫌いになったんだ！　僕が邪魔になったんだ……」

そう言うと、祖父母はとても悲しそうな顔をした。「傷つけてしまった」と後悔したが、自分が受けた傷で手一杯で、怒りをうまく収める方法などまだ知らなかった。

しかし、君江先生だけは態度が変わらなかった。散らかした物を「片付けなさい」と静かに、しかし毅然《きぜん》とした態度で注意し、叱った後の夕飯に俊太の好きなハンバーグを何も言わずに作っておいてくれるような、そんな接し方をしてくれた。それが、君江先生と俊太のこれまでの物語だ。君江先生とは交わした言葉は少なくても、過ごした時間は誰よりも濃かった。

「俊太、手が止まってる」

君江先生は大量の黒いタオルを型紙通りに切り抜いたものを、組み合わせて縫っていた。俊太は傍らで、出来上がった犬のぬいぐるみの「タオル」の首に赤いリボンを結ぶ作業を手伝っていた。

「あ、すみません……」

俊太は塾講師の時間が増えるほどに、君江先生への態度が丁寧になっていき、家でも敬語で話していた。君江先生は、手が空いた時間にご褒美用の「タオル」を量産する。その手伝いをするのも俊太の業務の一つになっていた。

「疲れたら休んでもいいわよ。細かい作業で目が疲れるでしょう」

それは君江先生も同じだと俊太は思ったが、「大丈夫です」とだけ言って、新たなリボンを手に取った。つやつやした赤いリボンを結んだ「タオル」はどこか誇らしげに見えた。

「そう言えば、今年で大学院修了でしょう。そろそろ社会人生活の準備を始めたら？」

「就職も決まりましたし……講師の仕事も気に入っているのでギリギリまでここで仕事したいです」

俊太が答えると、君江先生は人差し指で眼鏡を持ち上げた。何かを考えているときの、先生の癖だ。

「別に無理してここに住まなくていいのよ。一人暮らしの家を探したらどう」

俊太は黙った。君江先生は嫌みで言っているわけではないとわかっていた。

「……そう、ですね」

俊太は曖昧《あいまい》に頷《うなず》いた。君江先生は「一人暮らしも気楽でいいわよ」と珍しく少しだけ微笑んだ。君江先生もかつては一人暮らしをしていたのだと思い出した。「あなたは自由なんだから」そう君江先生は言い、ぬいぐるみを見つめた。

「タオルを投げる、って言葉あるわよね。強引にでも、誰かを救うことが必要な時もある……タオルって、救いにもなるのよ」

ぽつりと言った君江先生の言葉が、俊太の胸に深く刺さった。

たった一度だけ、俊太は君江先生が泣いているところを見た。俊太が大学生の頃、夜中に眠れずにトイレに行った帰り道、かすかな嗚咽《おえつ》が聞こえてきた。震えるような、絞り出すようなその泣き声はあまりにも悲しくて、聞いている俊太の心も落ち着かなくなった。今すぐ駆けつけて、何もできないかもしれないけれど手を差し伸べたい――思わずそう思ってしまうような泣き声だった。

細々と聞こえる泣き声を辿って、俊太は驚いた。普段はきっちり閉められている君江先生の部屋のドアが開いていて、小さく背を丸めた君江先生が肩を震わせていた。

覗いてはいけない、そう思ったのに俊太はどうしても気になってギリギリの距離まで近付き、先生の様子を窺《うかが》ってしまった。君江先生は写真を握り締めていて、そこにはまだ若い頃の俊太の母と君江先生、そしてぬいぐるみの「タオル」にそっくりな犬が写っていた。母と君江先生は笑顔で体を寄せ合っており、姉妹の仲がいいことが伝わってきた。

俊太は、君江先生のことを、自分が思っている以上に何も知らないのだ。そう思った。そして声をかけることもできずに、君江先生の部屋から離れた。君江先生は落ち着いていて、いつもどっしりと構えてくれている。そんな都合のいい理想を俊太も、周りも、彼女に押し付けているのかもしれないと思った。

――僕がいなければ、君江先生はもっと好きなところで、好きなように生きられたのかもしれない。

俊太は自分の年齢が上がるほどに、君江先生が自分の人生を賭けてこの家に戻ってきてくれたのだと思うようになった。

俊太は「あなたは自由よ」と言ってくれた君江先生を思い出し、苦しんだ。母親のことは思春期までずっと恨み、すんなり許すことはできないが、大人になって、母は俊太とは別の人生を選んだのだと思えるまでになった。それよりも、どうすれば君江先生に恩返しができるのか――俊太は思い悩むことが増えた。

「おばあちゃん、あのさ……君江先生とお母さんって、昔犬飼ってた？」

君江先生の涙を見てしまった数日後、俊太は、若い頃の君江先生のことを聞き出したくて夕食の支度をしている祖母を手伝いながら訊ねてみた。

「ああ、タオルね」と祖母は懐かしそうに笑った。タオルにはモデルがいたのか。そして本物も「タオル」という名前なのかと俊太は驚いた。

「君江と幸恵《ゆきえ》が二人で可愛がってて、ずいぶん長生きしたんだけど、ちょうど幸恵が旅行に行ってる間に容態が急変してね……君江だけが看取ったのよね」

しみじみとした口調で祖母は言った。俊太はそれを聞いて胸が詰まった。

「あの……君江先生さ、その犬の写真を夜中に……じっと眺めてた」

俊太は思い切って祖母に打ち明けた。君江先生が泣いていた、とは伝えられなかった。祖母は少しの間黙った後、「もう一枚写真がなかった?」とつぶやいた。

俊太が首を横に振ると祖母は、無言で俊太を見つめた。

「あなたの子供の頃の写真」

祖母はそう言うと、ひっそりと微笑んだ。そして、言葉を続けた。

君江先生がまだ二十代の頃に病気になり、子供のいない人生を選ぶことになったこと。俊太が生まれて、誰よりも喜んだのが君江先生だったこと。

「だけどあの子、不愛想だから……こっそりおもちゃを買って、あなたに渡してと私に頼んだり、そのぐらいしかできないのよね。俊太も怖いおばちゃんだって思ってたんじゃない？」

祖母は笑ったが、俊太は笑えなかった。祖母は俊太の逡巡《しゅんじゅん》を見抜くように続けて言った。

「でも……本当はすごく優しいの。俊太、あなたも知ってる通り」

「……うん」

俊太が力強く頷くと、祖母はほんのわずかな微笑みを浮かべた。先程の冗談めかした笑い方とは違った。どこか寂しそうな、しかし満足そうでもある静かな微笑みだった。

「君江、幸せだったんじゃないかしらね……ずっと。あなたのお母さんの幸恵のことも、あなたのことも……君江は自分よりも大切にしているから」

祖母は最後の言葉をさっさと言って、せわしく野菜を切り始めた。この話はここまで、と言わんばかりに。だが、俊太が聞きたかったことが祖母の言葉にはすべて入っていた。我に返った俊太は、急いで残った野菜の皮を剥《む》いた。
君江先生への恩返しを考え続けて数年が経ったある日、俊太は突然思いつい
た。その日から俊太は、塾講師のアルバイトと研究室へ通う間に、頻繁に街へ
出るようになった。できるだけ出費を抑え、アルバイト代を貯蓄し始めた。
頻繁に外出し弁当を作って研究室へ持っていこうとする俊太を見て、祖母は
いよいよ家を出る準備をしているのだと思っているようだった。
「もし引っ越しのお金が足りなかったら、おばあちゃんに相談なさい」
悪気なく言葉をかけてくれる祖母に、俊太は「そのぐらい大丈夫だよ」と笑った。
俊太が外出を続けて二ヶ月あまり。ネットの情報と足を同時に使ってとうと
う目的に辿り着いた。
「ただいま」
達成感いっぱいで帰宅した俊太は、恐らく顔を輝かせていた。そんな俊太を
見て、祖父母も君江先生も何かを覚悟したように一瞬硬い雰囲気を漂わせた後、
「おかえり」とそれぞれが声をかけてくれた。

その日の夕飯は、俊太が子供の頃から大好物のハンバーグだった。しかもおろしハンバーグと煮込みハンバーグの二種類。これは誕生日やクリスマス、何かご褒美があるときの、特別メニューだ。心なしか、俊太以外の家族たちがそわそわしている。食事を終えると、君江先生は静かに箸を置き、姿勢を正した。

「俊太、あとで話があります」

改まった口調で君江先生が言い、俊太は「はい」と素直に返事をした。

俊太が思いを巡らせていると、君江先生が席を立ち、しばらくして戻ってきた。手にはこれまで俊太も何度も作ってきた「タオル」を携えている。

「俊太。今までご苦労様。就職も改めておめでとう」

君江先生から「タオル」を渡され、俊太は面喰う。

「えっ、君江先生……これ……」

「家を出ること、私は前も言ったように賛成です。これは今までの私からの感謝の気持ちとご褒美……」

話し始めた君江先生の言葉を、「ちょっと待って」と俊太は慌てて遮った。

「ご褒美をもらえるのは、すごく嬉しいんだけど……先生もおじいちゃんおばあちゃんも誤解してるよ」

「……え？」

今度は君江先生が訊ねる番だ。俊太は「タオル」を撫でながら、君江先生と祖父母を見た。

「僕は家を出ません。ずっとここに、いさせてください。これは、僕の意志です」

驚きの声が、室内で上がる。そこで俊太は間を取ってから、「僕からも君江先生にお礼があります」と言った。

その時、犬の甲高い鳴き声が響く。君江先生の顔が強張《こわば》り、俊太は「やっぱりばれたか」と肩をすくめた。サプライズは、見事に失敗してしまった。

俊太は仕方なく部屋に戻り、子犬を抱いて戻ってきた。自室に隠しておいたが、吠えないようにすることまではできなかったのだ。それは、俊太が探し回って出会った「タオル」にそっくりな黒い犬だった。

「ずっとこの子を探していました。タオルに、似てるでしょう？」

びっくりしているのか、口を開けている君江先生に、俊太は続けて言う。

「ここから仕事に行って、これからも皆と、タオルと一緒に暮らします」

俊太が子犬を抱いて近付くと、君江先生は子犬に向かって手を伸ばした。すると犬は首を伸ばし、君江先生のてのひらに鼻先をこすりつけた。彼が「タオル」になった瞬間だった。君江先生が目を細める。タオルは、君江先生に撫でられるままになっている。君江先生は慈《いつく》しむように何度もタオルを撫でた。

「俊太……私は、後悔していないし、もう悲しんでいない。人はどこかへ行く人とその場に留まる人とに別れる。私は後者なだけよ」

そう言って君江先生は笑顔を見せた。その笑顔の隣で犬のタオルが小さく鳴いた。つられて俊太も自然に笑みがこぼれた。

欲しいのは、私だけの子犬

一色美雨季

「文香《ふみか》の実家って、犬を飼ってるんだっけ？」

穏やかな日曜日の朝。いつもより少し遅い時間に、文香の作った朝食を摂りながら、敦也《あつや》は言った。

「そうだけど、急にどうしたの？」

「いや、だって、近いうちに結婚の承諾をもらいに行くわけだろ？　その時、手土産に犬用の何かも持って行った方がいいかなと思ってさ」

予想外の心配りだ。思わず文香は「気を使わなくたっていいのに」と苦笑するが、敦也は「文香の家族に気に入られたいんだよ」と引き下がらない。

「ねえ、どんな犬？」

「オスのポメラニアン。名前は、確か……ロベール、だったかな」

「『だったかな』って？　実家の犬の名前なのに、まさか、うろ覚え？」

「うん、だって、私が家を出てから飼い始めた犬なんだもの」

途端に、敦也はバツの悪そうな顔を見せた。

しまった、と文香は思うが、仕方ない。文香はなんでもない顔をしながらトーストにバターを塗る。そして、じわじわと溶けていくバターに視線を落としたまま、この気まずい空気が流れていくのをじっと待つ。

文香がひとり暮らしを初めて、もう七年。実家にまったく帰らなくなってからは三年が経つ。ひとり暮らしを始めた大学生当時は「帰って来い」という両親の言葉を無視することもできなかったが、社会人となった今では「仕事が忙しい」という理由を盾に、堂々と帰省を拒否できるようになった。

家族が嫌いな訳ではない。ただ、犬を飼い始めた実家は、文香にとってはどうしようもなく居心地が悪い。

「……ロベールって名前はね、妹の奈々《なな》が付けたの。お気に入りの童話に出てくる子猫の名前がロベールだったからって。『ポメラニアンに猫の名前を付けるなんて、奈々ったら変な子ね』って、お義母さんが笑ってた」

溶けたバターがトーストの焦げ目に滲《し》みていく。この気まずい空気もバターと一緒に溶けてしまえばいいのにと思いながら、文香はトーストの角を齧《かじ》る。

「奈々ちゃんって何年生だっけ？」

「中学三年生。私とちょうど十歳違い」

「それだけ歳が離れてると、可愛くて仕方ないよね」

「うん、可愛いよ。たとえ『半分しか血がつながってなくても』ね。……ああ、ごめん、もうダメだ」

文香は手にしていたトーストを皿の上に置いた。そして、「本当にごめんね。私、いつまで経っても家族の話が上手にならなくて」と両手で顔を覆った。

「家族の話になると、どうしても緊張しちゃうの。お義母さんが妙な誤解を受けないようにって考えると、ますます変な空気になっちゃって」

「まあ仕方ないよ。『血のつながらない母親』ってキーワードだけで、変に邪推する人間は大勢いるからさ」

こっちこそ変な空気にしてごめん、と敦也は言う。

文香には実母の記憶がほとんどない。実母は文香が二歳の時に病気で他界しており、顔も、声も、写真やホームビデオでしか知ることができないからだ。

物心ついた時には、父子家庭が当たり前の生活となっていた。父は普通の会社員で、子育て環境に融通が利かないこともあったらしいが、そんな時は母方の祖母や伯母が泊まり込みで文香の世話をしに来てくれたし、特に寂しいとか困ったとか思ったこともなかった。

そんな環境が変わったのは、文香が小学三年生になった九歳の時。

父が、職場の部下だった女性――つまりは義母と再婚したのだ。

「血のつながらない母親っていうと、すぐにシンデレラを連想する人が多いんだけど、あれって私にとっては害悪でしかないのよね。うちのお義母さんって、そういうのと真逆な人だから。……って、こういうことを言うと、今度は『継母《まま》母《はは》に気を使ってるのね』って言われるから、また面倒になるんだけど」

ふう、と文香は溜め息をつく。

実母のぬくもりを知らない文香にとって、義母は人生で最高の贈り物だった。出会ってすぐに好きになった。一緒にいると楽しくて、嬉しくて、今まで知らなかったことをたくさん学ばせてくれて……父とふたりだけの生活とは全然違う、ああこれが母子というものなのだな、と文香は思った。

「ずっと不思議に思ってたんだけど、なんで実家に帰りたがらないの？　家族関係が悪いわけじゃないのに」

それは……と言葉を詰まらせる。が、ここまで話してしまっては、隠しているのも不自然だ。「笑わないでね」と前置きして、文香は言葉を続けた。

「私、実家の犬を見たくないのよ」

家族三人の生活に慣れた頃、父が「なにか欲しいものはないか」と聞いてきた。

「物でなくても、たとえば旅行とか食事に行きたいとかでもいい。お義母さんが、文香と家族になった記念になにかしてやりたいと言ってるんだが」と。

文香は即座に「小犬が欲しい」と答えた。同級生が家族で小犬を散歩させているのを見て以来、その光景に憧れていたのだ。

幸いなことに、義母も犬が好きだった。さっそく文香は図書室で犬図鑑を借り、家族でどの犬種にするかの会議を始めた。近いうちにペットショップに行こうと、そこまで話が進んだのだが……。

「結局、中止になったの。お義母さんの妊娠が分かったから」

初婚で初産だった義母。いきなり小学生の母親になったうえに、ペットの世話と出産が重なるのは、心にも体にも負担が大きいだろうと父は考えた。そこで父は、『ペットショップ』を『ホテルでの高級な食事』に置き換えた。

「私も、きょうだいができるのは嬉しかったし、その時は父も『文香の犬はまた別の機会に』って言ってたから、それでいいやと思ってたんだけど……」

やがて妹の奈々が生まれ、家族はますます賑《にぎ》やかになっていった。しかし、その賑やかさにまぎれ、文香の小犬のことは完全に忘却されてしまった。

「仕方ないことだって分かってるの。私だってお義母さんの負担になることはしたくないし、奈々とペットショップの小犬どちらかを選べって言われたら、絶対に奈々を取るし。だけど……あの時だけは、なんだか嫌な気分になったの。奈々から『小犬を飼うことにした』って電話があった時は」

大学に入学し、文香がひとり暮らしを始めてから二ヶ月が経った頃、実家の妹から電話が入った。「お姉ちゃんがいなくて寂しいって言ったら、パパとママが『犬でも飼おうか』って言ってくれたの」と。

「思わず『私の小犬は？』って言いそうになったわよ」

もちろん、文香はその言葉を飲み込んだ。「よかったね、大事に育ててあげてね」とは言ったけど、文香の心の中には、水に沈む澱《おり》のような感情が渦巻いた。もやもやと、まるで蓋をしていた古い感情を呼び起こすように。

「その時、私、気付いたんだ。私は小犬が欲しいんじゃなくて、目に見える『家族の愛情』が欲しかっただけなんだなって」

嫌われたわけじゃない。愛されなくなったわけじゃない。それでも文香は欲しかった。小犬を飼うことで、家族の愛情を独占していると証明したかった。

皿の上のトーストは、すっかり冷たくなっていた。「バカみたいでしょ、犬を見たくないから実家に帰らないなんて」と文香が言うと、敦也は「そんなことないよ」と静かに微笑んだ。

「じゃあ、俺たちも犬を飼おうよ。ふたりの愛情の証として。いつか、家族になった時に」

文香は口元に笑みをたたえ、「うん」と答えた。敦也の気持ちが嬉しかった。

ありがたかった。けれど――心の澱は消えなかった。

申し訳なさを隠すように、文香は珈琲の入ったマグカップに口を付けた。

敦也からたくさんの愛情をもらってもなお、過去の感情は変えられないものなのだな、と文香は思った。

§

その日、文香と敦也は隣のS県に向かって車を走らせていた。文香の実母の実家に向かうために。

きっかけは、一週間前の伯母からの電話だった。

「久しぶりに、うちに遊びにいらっしゃい。彼氏と一緒に」

既に祖母は他界し、従兄《いとこ》たちは独立して、今は伯母夫婦ふたりきりで暮らしている。義母が来てからは疎遠となりがちだったが、伯母は事あるごとに文香を気にかけてくれていた。実家を出てからは、遊びに来いと誘うのも一度や二度のことではない。

けれど、「彼氏と一緒に」というのは、今回が初めてだ。

「大丈夫かな。俺、緊張してきた」

車のハンドルを握る敦也は、いつもと少し違う表情をしていた。「っていうか、文香のお父さんに挨拶する前に、伯父さんと伯母さんに挨拶していいのかな」

「いいんじゃない？　うち、そういうことは気にしない家だから」

「よかった。じゃあ、結婚の挨拶の予行演習だと思うことにする」

そうね、と頷《うなず》いて、文香は窓の向こうに視線を向けた。

伯母夫婦の家は、のどかな田園地帯と住宅街のちょうど間のような部分にある。車を駐車場に停め、門扉《もんぴ》のインターフォンを押すと、伯母夫婦は満面の笑みでふたりを迎え入れた。

まず文香は、「おばあちゃんに挨拶したい」と、敦也と一緒に仏壇に手を合わせた。と、目の前の線香より強く、台所の方から漂うおいしそうなにおいが鼻をくすぐった。どうやら伯母がご馳走《ちそう》を準備してくれているらしい。きっとまたいつものように、食べきれないほどの品数を作ってくれたんだろうなあ、と文香はひとり苦笑いをする。

「敦也君はヒカリモノ大丈夫？　魚屋さんでいい鯖《さば》を見つけたから、しめ鯖を作ってみたのよ。お昼に食べましょうね。あ、もちろんお肉料理もありますからね。やっぱり男の子はお肉がいいわよねぇ」

はしゃぐ伯母を、「落ち着きなさい」と伯父が宥めるのも昔と同じだ。子供の頃に戻ったような、懐かしい感じ。これでおばあちゃんがいてくれたらなあ……と、文香が思っていると。

「あれ？」

祖母の位牌《いはい》の横に、文香は見慣れぬものを見つけた。

古い小さな陶器の人形が、ふたつ。

「見つけちゃった？」

仏壇を覗《のぞ》き込む文香に、伯母が声を掛ける。「それ、おばあちゃんのお嫁入り道具よ。古くからある縁起物でね、『犬筥《いぬばこ》』っていうの」

「いぬばこ？」

そうよ、と返事をして、伯母は文香の手の上に『犬筥』を乗せた。

文香は、犬筥をまじまじと見つめる。なるほど、ふたつとも土台部分に切れ目があり、上下に開く箱の形になっているようだ。胴体の部分には松竹梅が描かれており、おめでたい物のようであることはなんとなく分かる。

少々古びてはいるが、工芸品特有の美しさがあり、なおかつ愛嬌《あいきょう》のある品だ。

しかしこの犬筥、全体のフォルムは犬っぽいが、顔の部分だけ見れば人間のようだ。これは本当に『犬』なのだろうか。

「犬筥はね、『犬』がモチーフだけど、顔は人間の子供と決まっているの」

文香の疑問を感じ取ったのか、伯母が「よく見ると、うちの子の小さい頃に似てる気がするわ」と言いながら解説を始める。

「右が男の子で、左が女の子なんですって。犬は安産でたくさん産むから、子孫繁栄を願ってお嫁入り道具にしたり、あと、女の子の健やかな成長を願ってお雛様と一緒に飾ったりと、まあ、とにかく縁起がいいものなのね。だから昔の人は、犬筥の中にお守りや大切なものをしまっていたらしいの。もちろん、おばあちゃんもね」

「おばあちゃんの大切なもの……」

「見てみる？　まだ入ったままだから」

「え？　いいの？」

「いいわよ。それを見せたくて文香ちゃんを呼んだんだもの」

隣にいた敦也も、犬筥を見つめる。伯母は「左側の女の子の犬を開けてみて」と文香に言った。

そっと開ける。中から出てきたのは、折りたたまれた一枚のメモ用紙。

「伯母さんたちも、最近になって気が付いたの。犬筥がおばあちゃんのお嫁入り道具だってことは知ってたんだけど、わざわざ中まで確認しないから」

文香はそのメモ用紙をゆっくりと広げた。

書かれていたのは、懐かしい祖母の文字。

——文香が、誰よりも幸せになれますように。

「きっとそれが、おばあちゃんが死ぬまで大切にしていた『願い』なのね」

その言葉を聞いた途端、文香の目から涙がこぼれた。

父とふたりで暮らしていた頃、なにかと気にかけてくれていた優しい祖母。「大切な娘が生んだ、大切な孫だから」と抱きしめてくれた祖母。

義母が来てからは疎遠になったが、それは義母と文香の関係が悪くなってはいけないと思ったからで、けして文香への思いが弱まったからではない。祖母はいつだって文香のことを案じてくれていた。

「……ねえ文香ちゃん、覚えてる？　奈々ちゃんが生まれて少し経った頃、うちに泣きながら電話をかけてきたことがあるでしょう？　『お父さんとお義母さんは、小犬の約束を忘れてしまった』って」

覚えている。あまりにも父と義母の目が妹にいくので、それが悲しくなって電話をしたことがあった。

「あれね、ふたりとも忘れてなんかなかったのよ。ただ、あの時は、どうしようもなかったの。伯母さんたちもそれを知ってた。だから『今は我慢しなさい』としか言えなかった」

「……うん」

「それで……伯母さんね、この犬筥を見た時に思い出したんだけど、あの時、おばあちゃん、言ってたよね。『いつか文香ちゃんが大人になったら、おばあちゃんが可愛い小犬をあげるから』って。もしかしたら、その小犬って、この犬筥のことだったんじゃないかしらって」

文香は涙をぬぐいながら、二匹の犬筥を見た。

幼い子供の顔をした犬筥。祖母の願いが詰まった犬筥。確かにそれは、手のひらに収まるほどの小さな犬だ。

「『いつか大人になったら』っていうのは、きっとお嫁に行く時って意味だったんじゃないかしらね。お父さんとお義母さんの代わりに、文香ちゃんに可愛い小犬をあげたい。それなら、自分のお嫁入り道具がいいんじゃないかって、おばあちゃんなら考えそうだもの」

ふふ、と伯母は笑った。

文香は、改めて二匹の犬筥を手に取った。

冷たい陶器が文香の手のひらで温められて、徐々に柔らかな熱を持つ。それはまるで、犬筥が新しい命を宿していくように。

「おばあちゃんの犬筥、もらってくれる?」

伯母の言葉に、うん、と文香は頷いた。

「それと、おばあちゃんの願いどおり、敦也君は文香ちゃんを幸せにしてあげてね」

はい! と敦也は大きな返事をした。

文香の目から、また涙があふれでた。

胸の底に沈んでいた澱が、ゆっくりと消えていくのを感じた。

ようやく文香は、自分だけの小犬を手にすることができたのだと思った。

ふたりの道のり

田井ノエル

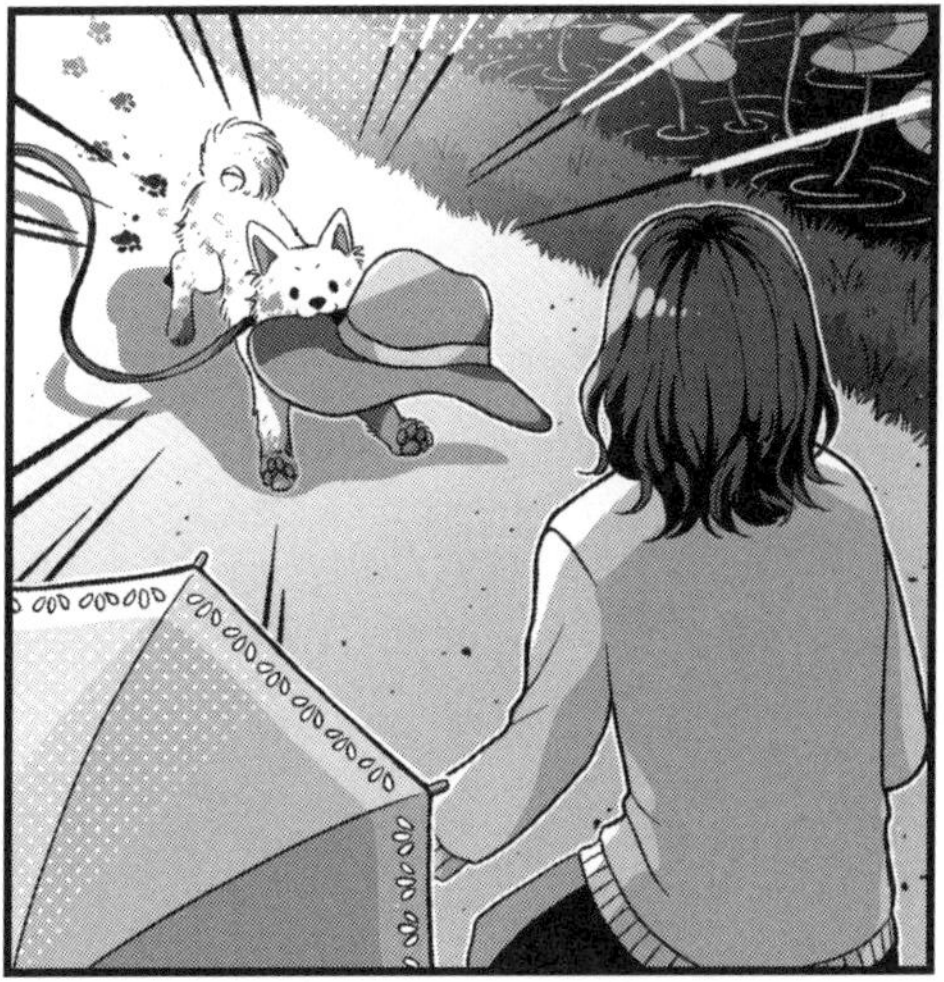

独《ひと》りにしないと、言っていたのに——。

そんなことは、あり得ないとわかっていながら、永遠を信じていた。理解しているのに、やはり今も彼の影を探してしまう。

家に帰るのが嫌だ。暗くて寒い家にいると、独りになったのを自覚させられる。空っぽの自宅は抜け殻みたいで、今の自分を象徴しているようだった。

——君を独りにしない。

雅美《まさみ》は身寄りがなく、独りで生きてきた。

両親から虐待を受けて施設へ引き取られてから高校まで過ごし、大学へは行っていない。不動産会社の事務として、地道に働く毎日。そんな雅美の隣に、いつの間にか前田道則《まえだみちのり》がいた。

道則は同じ会社の営業で、にこにこと笑っていることが多かった。誰にでも優しく人当たりがよくて、悪い噂もない。みんなから好かれるタイプの人間だ。

出会ったころは、彼が雅美の夫になるなど想像もしていなかったが、三十五年を一緒に過ごした。職場を寿退社して以来、夫婦として、ずっと。

一昨年、道則が亡くなるまで――。

「くぅん……」

寂しい自宅へ帰る途中、か細い声が聞こえた。犬の鳴き声だ。道ばたに置かれた段ボールからだった。

何気ない気持ちで、雅美はその段ボールを覗き込んだ。

白い子犬がいる。犬種は詳しくないのでわからないが、真っ黒の瞳で、雅美を見あげていた。

「あなたも、独りなの？」

気がつくと、雅美は段ボールの前に身を屈《かが》めていた。しゃべりかけたところで、人語が返ってくるわけがない。ただ、鼻をくんくん鳴らしながら、高い声で鳴いている様が物悲しかった。

段ボールには一匹だけで、兄弟はいないようだ。どういう経緯でこうなったかはわからないが、内側にマジックで「よろしくおねがいします」と書かれているのを見るに、捨てられたのだろう。

ポツ、ポツ、と。雨が降ってきた。


困ったなぁ……。

雅美は白髪交じりの髪を掻《か》いて思案した。目の前には、衝動的に拾って帰った子犬がいる。どうして、こんなものを拾ってきてしまったのか、自分でも理解できない。

雨があがるまで。ただの雨宿り。そう言い聞かせて、雅美は冷蔵庫を物色した。なにを食べるのだろう。もちろん、ドッグフードなど家にはない。

「くぅん」

「お腹が空いてるの？」

子犬は元気のない様子で伏せていた。雅美が飼い主ではないと、気づいているのだろうか。捨てられたのを理解しているのかもしれない。

困り果てた雅美は、無意識のうちに携帯電話《ガラケー》を開いていた。

「ああ。志織《しおり》ちゃん？　もしもし」

通話相手は娘の志織だ。大学卒業を機に上京し、すでに結婚して子供もいる。独り立ちしたあとも、雅美はこうしてときどき電話をかけていた。

雅美が犬を拾った話をすると、志織は「ええ？」と驚いた声で反応する。

『犬？　飼うの？』

「飼わないわよ。ちょっと雨宿りさせるだけ」

こうやって、娘と話すと心が安まる――気がつくと、雅美はいつも電話する口実を探していた。普段はスーパーのパートに出ているが、あまり職場の人とは話さない。雑談に、雅美が入っていけそうな雰囲気がないのだ。同じ年代の同僚もいるのに、どうしても会話についていけなかった。

みんな旦那の愚痴とか、テレビが面白かったとか、こんなカフェでお食事をしたとか……パート先と自宅を往復するだけの雅美とは違う生活をしている。

最近の俳優は顔と名前が一致せず、テレビにも興味が持てない。

『お母さんも、たまには気分転換しなよ。お父さんもいないいんだし』

娘の言葉が、すんなりと頭に入ってこなかった。

お父さんがいないから、なに？　喉まで出かかったが、雅美はすんでのところで呑み込む。きっと、パート先の同僚なら、「そうね。旅行でもしようかしら」とか言うのだろう。

雅美だけ、取り残されている。空っぽになったこの家で、ずっと。

「くぅ……」

真っ黒い瞳は、まっすぐ雅美へ向けられている。小首を傾げる様子が、「どうしたの？」と問われているようだ。

道則も、雅美が黙っていると、こんな風に首を傾げていた。そうやって、雅美からの発言をうながしていたのだ。

穏やかな気性で優しく、雅美の変化によく気がつく人だった。なにかあっても、無理に聞き出さず、雅美から話すのを待ってくれる。そんなリズムが心地よくて、雅美はなんでも話してしまうのだ。素直になれる魔法みたいだった。

——僕が雅美を守るよ。君を独りにしない。

そう言ってくれた夫は、一昨年、呆気《あっけ》なく病気で亡くなった。心筋梗塞《しんきんこうそく》なんて、ありがちな診断を医者から聞かされても、なかなか信じられなかった。六十も過ぎれば、再婚する気も起きない。

雅美は、また独りになったのだ。

「…………」

子犬の前に、皿を置く。

りんごは大丈夫と娘が言っていたので、小さく刻んでみた。くんくんと、鼻を鳴らしながら、子犬は皿に口を寄せる。しかし、二、三口食べたあと、一度雅美を見あげた。まるで、許可を求めているようだ。

雅美が食卓に料理を並べているとき、道則も二、三つまみ食いをするのが癖だった。そのあとで、「食べていい？」と聞いてくる。こんなふうに。雅美は、いつも笑いながら「いいよ。ちょっと待って」と答え、席についたものだ。

「……いいよ、お食べ」

雅美の言葉がわかるのか。子犬は嬉しそうに尻尾をふりながら、りんごを勢いよく食べはじめた。やはり、おなかが空いていたのだろう。

気がつくと、雅美は子犬の頭に手を伸ばしていた。


その犬は、ミチと名づけた。

ミチは白い尻尾をふりながら、玄関で待っている。散歩に行きたいという意思表示だった。

ミチを飼いはじめて、二年が経つ。

散歩をおねだりされる生活にも慣れてきたが、犬を飼うというのは大変だと思い知らされもした。エサ以外にも、躾《しつけ》や保険、予防接種などいろんな問題が次々とふってきて、頭を悩まされたのが、すでに懐かしい。

ミチは利口で、あまり吠えない犬だ。それなのに、空っぽだった家が、一気ににぎやかになった。モノクロの生活に、鮮やかな色が戻った気がする。

以前みたいに――。

「その服、似合うよね」

「え？」

玄関へ向かう途中、話しかけられた気がした。けれども、ここには雅美とミチしかいない。

ミチは、尻尾をふりながら「早く、早く」と、雅美の裾を引っ張る。

着ているのは、藍色のワンピースにベージュのカーディガンだった。絞り染めの模様が上品で、派手すぎず、地味すぎない。何年か前に道則が買ってくれた服だ。独りになってから、箪笥《たんす》にしまっていたが、最近は出かける頻度があがったので、また袖を通してみた。

服装に気を遣うようになっただけではない。雑に結っていただけの髪も、白髪染めをして整えた。ミチを連れていろんな場所へ行くようになったからだ。散歩だけではなく、ドッグランやドッグカフェ。愛犬家の友人もできて、一緒にランチもするようになった。

ミチが来るまで、人と喋っても楽しくなかったのに。共通の話題があると会話がはずんだ……ミチを通じて、交流が増えた。

人と喋る機会が増えたせいで、幻聴が聞こえたのだろうか。たしかに、ドッグランで知りあった若いご夫婦なら、雅美の服を褒めてくれそうだ。そういえば、先月、志織が孫を連れて東京から帰省した際にも、「お母さん、元気になったね。お洋服も綺麗よ」と笑ってくれた。

「ああ、ごめんね。散歩行こうね」

ミチはワンピースの裾を引っ張ったあと、玄関と雅美の前を往復する。うるさく吠えないが、散歩に行きたくてうずうずしているのだろう。雅美はミチにリードをつけ、玄関を出て行く。

夏の陽射しが強い。雅美はベージュの帽子を被《かぶ》って、日傘を差した。

ミチは、雅美の隣へ並んで、ちょこちょこと歩いている。歩調にあわせて、くるんと持ちあがった尻尾が揺れているのが微笑ましい。

あんなに散歩へ行きたがっていたのに、外に出ると、ミチはいつも雅美の隣を歩きたがる。決まって車道側を歩こうとするので、散歩はなるべく車が通らないコースを選ぶようにしていた。エスコートされているみたいだ。

道則も、いつも……。

またかつての記憶が横切り、雅美は首を横にふった。

彼は、もういない。こうやって、ときどき外を散歩したのだって、四年以上も前の記憶なのだ。

今は、ミチが家族だから。

あのとき、ミチと出会えてよかった。なにもなかった雅美の人生に、鮮やかな色が戻っている。それだけで、充分だ。

なのに、ときどき頭の端を過去が通りすぎていく。ミチといると、雅美は道則のことばかり思い出してしまうのだ。何気なく散歩しているこの公園だって……道則との思い出が詰まっていた。

広い池に蓮の花が咲いており、遊歩道が橋になっている。水面をアメンボが滑り、石のうえではカメが昼寝をしていた。二人で何度も歩いた公園の風景だ。

何年経っても変わらない。

散歩のコースに選んだ理由は家の近所で、景色が綺麗だから。それなのに、自分が意図的に、この公園を選んだような気がしてしまう。

過去に囚《とら》われているのだろうか。ミチが来て寂しくなくなって、生活も変わった。だけど、雅美はまだ道則を探している。なんて未練がましいのだろう。

あの日も、こんなふうに陽射しが強かった。

強い風が吹いて、帽子が飛ばされて――。

「あ――」

記憶と重なるように、南風が通り過ぎていく。

雅美は日傘を離すまいと、両手で押さえた。しかし、帽子が風にあおられ、さらわれていく。飛んでいった帽子に、雅美は思わず目を見開いた。

足元で鳴き声がする。

「ミチ!?」

日傘を押さえたせいで、雅美はミチのリードを手放してしまった。その隙をつくかのように、ミチが急に駆け出したのだ。

「置いていかないで！」

反射的に、そう叫んでいた。

道則のことばかり思い出すから。雅美が、ずっと過去に囚われているから。だから、ミチは雅美を置いていってしまう。怖くて胸が張り裂けそうだった。嫌だ。また独りになりたくない。独りは嫌。

けれども、こんなときなのに、走り去るミチに——道則が重なる。いや、同じに見えた。

ミチは後ろ脚で遊歩道を蹴り、宙に弧を描く。前脚がついたのは、地面ではなく水面だった。静かな時間の流れる池の中に、ミチは飛び込む。

その光景に、雅美は両手で口を押さえる。

あの日と同じ。

道則も、風で飛んでしまった帽子を追いかけて池に入ったことがある。蓮が浮かぶ池の中を泳ぐミチと、道則の背中が重なって、雅美は思わず座り込んだ。

道則と出会うまで、雅美はずっと独りだった。両親から優しくされた記憶のない雅美は、まともな愛情も知らない。

そんな雅美が妊娠した時分、急に怖くなってしまったのだ。自分に、この子を育てることができるのか。両親と同じように、手をあげてしまうかもしれない。不安で不安でしょうがなかった。そんな時期だ。

道則は雅美を落ちつかせようとしてくれたのかもしれない。池に入ってまで帽子を拾って、「君を独りにしない」と言って抱きしめた。「大丈夫だ」と、何度も囁《ささや》いてくれたのを覚えている。

どこからともなく、道則の声が聞こえる気がした。きっと、空耳だ。この状況が、あまりにも記憶と酷似《こくじ》しているので、頭の中に蘇《よみがえ》ってきただけだろう。

ミチが帽子をくわえて、こちらへ戻ってくる。白い身体をびしょびしょにして、それでも尻尾をふっていた。

雅美の前に、ミチが帽子を置く。

偶然だと、雅美は自らに言い聞かせた。ミチが飛んでいった帽子を追いかけたのは、単なる遊びだ。風が吹いたのだって、人為的なものではない。

「ミチィ……」

それでも、ミチが――道則であってほしかった。

道則は雅美に、独りにしないと言ってくれた。

ミチに姿を変えて、帰ってきた。

これは思い込み。きっと、錯覚だ。偶然が重なったのと、雅美の寂しさが生み出した妄想の話。そうであってほしいという願望。だけど、信じたかった。

いつも道則が支えてくれた。

不安だった子育ても、彼がいたから乗り切れたのだ。生まれた娘は立派に巣立って、今は別の家庭を持っている。全部、道則が雅美のそばにいてくれたおかげだ。彼が雅美を孤独にしないでくれたおかげ。

「一緒にいてくれるの？　ミチ……」

ミチの濡《ぬ》れた身体に手を伸ばす。温かい生き物の温もりが、雅美の心へも伝わってきそうだ。

ミチは、独りになった雅美のもとへ来てくれた。道則のよう——道則が帰ってきてくれたみたいに。

「わんっ！」

普段、ミチは大きな声で吠えない。それなのに、このときだけは、力強く答えてくれた気がする。

錯覚でも、なんでもいい。これだけは、変わらないのだから。

ミチは、雅美の家族。

ずっと、そばにいる——。

犬は吠えなかったか

溝口智子

門の中に一歩踏み入ると、爆発的な大音量の犬の吠え声に襲われた。

探偵助手の小林翔子《こばやししょうこ》は思わず上司である探偵・明智修二郎《あけちしゅうじろう》の背後に隠れた。

広々とした庭の奥に据え置かれた大型の犬小屋の中で、三頭のドーベルマンが口から泡を飛ばして吠え猛っている。

ワークジャケット姿の修二郎はドーベルマンを怖がるそぶりも見せず、この梅原《うめはら》邸の家政婦・新津清子《にいつきよこ》に話しかけた。

「今もドーベルマンがいるんですね。三十年くらい前かな、クロが死んだときの菊代《きくよ》さんは、こんなに悲しいなら犬はもう飼わないって言ってたけど」

梅原菊代は地元で名を知られた梅原興産の前・社長で現在は筆頭株主だ。

「菊代様の憔悴《しょうすい》ぶりを見かねた晴喜《はるよし》様が、こまごまと心を尽くしていらっしゃいました。それで二代目のドーベルマンを飼うことになったんです。この子達は三代目で、名前は黒一《くろいち》、黒次《くろじ》、黒三《くろぞう》って言うんですよ」

「代を重ねても、やっぱり家族以外には吠えかかるんだ」

おしゃべりに花を咲かせている修二郎の陰から、翔子が顔を出して尋ねる。

「あの、お二人は知り合いなんですか？」

捜査依頼を受けてやってきたにしてはのんびりと、修二郎が答える。

「小学生の頃、よく遊びに来てたから。菊代さんの息子、晴喜さんが学童保育のバイト指導員だったんだ。大学生だったが小学生の俺とも遊んでくれた。粘土細工なんか教えてもらったよ」

二人は白を基調とした豪華なリビングに通された。翔子は花柄の刺繍《ししゅう》で全面覆われた応接ソファに染みでも付けたらどうしようと恐れながら腰かける。

「修ちゃん、待ってたわよ」

「菊代さん、なにがあったんですか」

単刀直入な質問に、七十年配で上品な菊代は、落ちこんだ様子で答えた。

「手提げ金庫がなくなったの。私と清子さんで探しても見つからなくって。修ちゃん、名探偵だっていうじゃない。見つけて欲しいの」

「名探偵だなんて烏滸《おこ》がましいですが、ペット探しばかりしてますから探し物は得意です。なくなった手提げ金庫とは、どのようなものですか？」

菊代は胸の前で三十センチ四方の四角形を指で描いてみせる。

「このくらいの大きさで、事務用の簡単な金庫よ」

「中身は？」

「私の宝物。金銭的価値はないわ。バカにされそうで家族には見せたことがないし、知っているのは清子さんだけ」

菊代は立ち上がり、リビングの隅に置いてある、腰高の真っ白なコーナーチェストの扉を開けた。中は空っぽだ。

「ここに置いてたの。昨日の朝はあったのよ。今朝見たら、なくなってたの」

「そこには金庫だけを置いていたんですか？」

「ええ、そう。総会資料をチェストの上に置いていたのね。今日がうちの会社の総会だから確認して。その時になくなっていることに気付いたわ」

「書類もなくなったんですか？」

菊代は力なくソファに腰かけた。

「いいえ、あるわ。なくなるなら書類が消えてしまえば良かったのに」

「総会に出席したくないんですか」

優しく尋ねた修二郎の言葉に菊代は頷《うなず》いた。その目に、涙が浮かぶ。

「総会なんて言ったって、筆頭株主の私の意見をみんなで押し潰すつもりなのよ。晴喜は社長になってから、私の株券を奪うことに血道をあげてる」

その声は悲痛だ。肩を震わせる菊代を見つめる清子の顔まで青ざめている。速記者よろしく会話を書きとっていた翔子は、菊代の嘆きに同情して今にも泣きそうだ。

「絶対に盗まれた手提げ金庫を取り戻してみせます」

「小林くん、これだけの情報で盗まれたとは断定できないぞ」

ボスに否定されて翔子は首を傾げた。

「お二人が探して見つからないなら、あとは盗まれたとしか思えません」

「いつも見慣れているもの、見慣れた場所、そういうところは案外、見逃しやすい。だから俺たちが呼ばれたんだ。菊代さん、清子さん。浴室や台所は探しましたか？」

菊代はきょとんとして問い返す。

「そんなところに金庫を持っていかないわ」

「無意識に移動させて意外すぎる場所から出てくることもあります。それと念のため伺います。昨日から今朝にかけて誰かが侵入した可能性はありますか？」

「私はわからないけど……。清子さん、なにか気づいたことはある？」

三人の視線を受けて清子は冷静に報告する。

「侵入されてはいないと思います。きちんと戸締りはしていました。昨日、菊代様はお出かけされましたが、私は一日中屋敷内におりました」

「一歩も外へ出ていないんですか？」

「外と言えば、裏庭に出たことと、犬たちの世話くらいです」

「誰かが訪ねてきたなどは」

「いいえ、来客はありませんでした。庭に放していた犬たちも吠えませんでしたから、門に近づいた人はいないと思います」

翔子が感心したように呟《つぶや》く。

「ドーベルマンが警報器の代わりみたい」

「ご家族なら吠えられずに邸内に入れますね」

修二郎が言うと清子の顔色がさっと変わった。

「晴喜様を疑っていらっしゃるのですか」

清子の母親が梅原邸の住み込み家政婦だったため、晴喜とは友人のようにして育ったのだ。怒りを感じるのも仕方ないと、事情を知る修二郎は思う。だが、捜索するうえで考え得るかぎりの質問をせずに済ますことはできない。

「いいのよ、清子さん。あの子は私のことを毛嫌いしている。人から見たら、息子を泥棒と疑いたくもなるでしょう」

修二郎は硬い表情で菊代を見つめる。もっと困らせるような質問をしようと構えている様子だ。

「梅原興産の社長交代劇は広く噂になりましたね。晴喜さんが菊代さんを追い落としたと」

「そのとおりよ。晴喜に言わせると私は社長失格だそうよ。反面教師だったと言われたわ」

悲し気な菊代に清子がそっと寄り添う。菊代はその気持ちを汲んだようで話し続ける。

「同居が嫌だと言って一家で引っ越して行ってしまってから、連絡も取れないの。電話もメールも拒否されるし、会社に行っても門前払い。私を社長と呼んでいた受付の女性に追い返されたのよ。情けなくて泣きそうになったわ」

弱々しく顔を上げた菊代は修二郎の手を取った。

「私に残されたのは宝物だけ。お願い、見つけ出してね」

「必ず見つけます」

菊代の頬に少しだけ微笑が見えた。

総会に出かけた菊代を見送って、清子がリビングに戻ってきた。いつも総会へは同行するのだと言って心配そうな清子に、修二郎が事務的に言う。

「まず、邸内を捜索しましょう。二階は今はどうなっていますか」

「二世帯住宅でしたが、晴喜様が出て行かれて、なにも残っていません」

「小林くん。二階を探してきてくれ」

「はい、先生」

とんとんと階段を上っていった翔子の後ろ姿を見送り、修二郎は清子に向き直った。

「それでは清子さん、一階の捜索に付き合ってください」

修二郎は清子に案内されて一階を巡る。リビング、書斎、キッチン、寝室、バスルーム。捜索しながらも聞き取り調査は進む。

「晴喜さんには息子さんがいるんでしたか」

「はい。敬太《けいた》様とおっしゃって晴喜様、奥様と三人家族です。このお屋敷で同居していたと言っても生活は完全に別でした。敬太様だけは奥様に内緒で菊代様にお小遣いをせびりに下りてくることはありましたけど。感謝などなくて、孫に金をかけるのは当たり前だという態度で」

悔しそうに唇を嚙む清子の隣をついて歩きながら修二郎が尋ねる。

「俺が知っている限り、晴喜さんと菊代さんは、とくに仲たがいしていたわけでもなかったですが。親子の仲が拗《こじ》れたのには、なにか理由があるんですか」

「こんなことになったのは、奥様が嫁いで来られてからです。奥様と知り合ってから晴喜様はすっかり変わってしまわれて。奥様が晴喜様にあることないこと吹き込んでいたんです。それで今ではあんなに優しかったのが嘘のよう」

目に涙まで滲《にじ》むほど、清子の感情は揺れているようだ。

「奥様は晴喜様に一階に行かないようにと何度も繰り返していました。菊代様からいじめられていると言い訳をして」

「そんな事実はなかったんですね」

「もちろんです。それなのに晴喜様は菊代様のことを避けるようになって、出て行かれる間際には、会話もされなくなりました」

ぱたぱたと足音がして、翔子が階段を下りてきた。

「先生、二階はなにもありません。埃《ほこり》ひとつないです。一階はどうですか？」

「こちらも見つからなかった」

「するとやっぱり、盗難でしょうか」

修二郎は頷き、こぶしを顎《あご》に当てて呟く。

「金庫の中身を知っているのは菊代さんと清子さんだけだ。見知らぬ侵入者なら、貴重品が入っていると思うかもしれない。だが、犬は吠えなかった」

顔を上げた修二郎は清子に質問を投げかける。

「晴喜さんたちは、金庫の存在を知っていたのですか」

「はい。菊代様が見せたがらないので中身についてはご存じないでしょうが、貴重品ではないことと、菊代様が大切にされていることは皆様ご存じでした」

「晴喜さんの奥さんがやって来て嫌がらせに盗んだとは考えられませんか」

「黒一、黒次、黒三は奥様に吠え掛かります」

修二郎は「家族とみなされていないのか」と呟き、考え込む。

「犬達に吠えられずに金庫を持ち去ることができるのは家族だけ。菊代さんの家族は貴重品ではないと知っている。ということは、それ以外の価値を知っていた者が犯人。晴喜さんに拒絶された菊代さんは『残されたのは宝物だけ』と言っていた」

その時、インターフォンの呼び出し音が廊下に響いた。清子が階段の側にあるモニターを覗いて大声を上げる。

「菊代様⁉」

慌てて玄関を飛び出していく清子を修二郎と翔子が追う。黒一、黒次、黒三が修二郎と翔子に向かって吠えだした。

「菊代様！　どうなさったんですか！」

門を開けると真っ青な顔をした菊代が清子の腕に縋《すが》りつく。

「私、二度と屋敷から出ないって決めたわ。家族も社員も誰も信用できない」

菊代はふらつきながら庭の奥、犬小屋へ向かう。ドーベルマンたちはすぐに菊代に気付き、小さな尻尾をかわいらしく振り始めた。

「黒一、黒次、黒三。ずっと私と一緒にいてね」

小屋に手を掛けて顔を寄せる菊代を慰めるかのように、犬たちは寄ってくる。

「清子さん、小屋の鍵を開けてちょうだい」

どこか落ちつかない様子の清子によって扉が開かれると、三頭は勢いよく駆け出して菊代に纏《まと》わりついた。しっぽをぶんぶん振っている姿は、狂犬と呼ばれているとはとても思えない。

修二郎が犬小屋に入ろうとしたとき、急ブレーキの音高く、門の前に黒塗りの高級車が止まった。五十年配の紳士が下りてきて門をくぐろうとしたが、菊代が大声で制止する。

「入らないで！　もう、あなたなんか家族でもなんでもない。縁を切ります」

紳士は門扉にこぶしを打ち付けて菊代を睨《にら》んだ。

「筆頭株主が総会をボイコットするなんてあり得ないんだよ、母さん！　母さんも経営者だったんだからわかるだろう！」

「それを辞めさせたのは晴喜でしょう。しかも家を捨てるようなことまでして」

「今それは関係ない。母さんが総会に戻らないなら、訴訟で解決する」

菊代はぶるぶると唇を震わせた。

「一人で大きくなったような顔をして。誰があなたを育てたと思ってるの」

「俺を育ててくれたのは清子さんのお母さんだ。母さんが俺に何をしてくれた？

仕事仕事で家にいる時間なんかほとんどなかった。俺のことなんて見向きもしなかった。孫をかわいがったこともない」

「あなたの嫁が私を邪険にしたのよ。あなたも敬太も私を無視して……」

感情的になっている二人の間に修二郎が割って入る。

「お久しぶりです、晴喜さん」

ぴたりと口を閉ざした晴喜が、まじまじと修二郎を見やる。

「修二郎？　こんなところで何をしてるんだ」

「宝探しを。清子さん、宝物を晴喜さんに見せてあげるのではないですか？」

名指しされて清子は目を丸くした。

「晴喜さんが菊代さんを拒絶して話し合いもできない、菊代さんは見せたがらないから、こっそり総会に持っていくつもりだったんですよね、清子さん」

「清子さん、あなたが金庫を？」

「申し訳ありません、菊代様。ですが、どうしても見ていただきたくて」

清子は急いで犬小屋に入り、自動給水器の陰からビニールの包みを取ってきた。

ビニール袋から取り出されたのは手提げ金庫だ。清子が金庫を開けると、中には粘土で作ったドーベルマンの塑像《そぞう》が入っていた。折り紙のネクタイを首に巻き、足を踏ん張り堂々と立っている。

「クロが死んだときに俺が作った……。母さんはまだ持ってたのか」

菊代は悲し気にそっと俯く。

「どうせバカにするんでしょう。私が持ってるだけで迷惑なんでしょう」

晴喜は困惑を隠せず菊代に目をやった。口を開いたが、言葉は出ない。清子が静かに金庫を閉める。

「菊代様の宝物です。ずっと大切になさっていました。晴喜様が社長に就任なさったときにはネクタイを着けてやって欲しいと言われて、私が折りました」

なにも言わない晴喜を見て、涙を湛えた菊代は逃げるように足早に玄関に向かう。晴喜は戸惑った様子で庭に足を踏み入れた。

黒一、黒次、黒三が物凄い勢いで門へと駆ける。三頭は晴喜を取り囲み、勢いよく飛びつく。翔子は晴喜が嚙まれると恐れ、きつく目を瞑《つぶ》った。

ところが三頭は、わふわふ言いつつ晴喜の顔を舐め、スーツを毛だらけにしているだけだ。楽しそうに甘えている。

「久しぶりだな、お前たち。元気だったか」

晴喜は優しく犬の首を撫でる。修二郎はその姿に、粘土細工を教えてくれた青年時代の晴喜を見た。今まで険しかった菊代の表情も和らいでいる。

「顔を洗ったら？　スーツも整えないと、総会に出られないでしょう」

玄関先で立ち止まった菊代がおずおずと言うと、晴喜がそっと目を上げた。

「入ってもいいかな」

「もちろん。家族じゃないの」

二人がゆっくりと邸内に入るまで見守ってから、修二郎は清子に向き合う。

「菊代さんに伝えてください。報酬は話し合いができたお祝いにまけておくと」

門を出て、犬が吠えないことに気付いた翔子がふと振り返ると、黒一と黒次と黒三が尻尾を振って機嫌よく、探偵たちを見送っていた。

分光連星ストロール

澤ノ倉クナリ

友達がいないやつだ、と私はよく言われる。

そしてそれは当たっている。

私の柏樹志紀《かしわぎしき》という名前を、中学二年の二学期も半ばだというのに、教室で親しげに呼ばれることはほとんどない。

時折、気色悪くにやついた同級生のグループから「柏樹さんってさあ、いつも一人でいるよねえ」とからかわれることはある。

仲良くなれそうにない人たちと仲良くなれないだけなのに、こんなにも教室の居心地が悪いというのはいかがなものか。

ついこの間も、同じクラスの女子が三人ほどトイレでたむろして、そこにいない女子生徒の悪口を言い合っているのを聞いた。

普段はその槍玉《やりだま》に挙がった子も交えて仲良さそうにしているのに。あんな連中に交じるくらいなら、一人の方がまだましだった。

帰宅部の私は、家にいる時は、父から譲り受けた古いゲームを居間のテレビでひたすらやりこみ、その合間に黒柴犬の鬼若《おにわか》を構ったり——構われたり——

している。

私が小学五年生の時にうちにやってきた鬼若は、両親にとっては家族同然らしかったけれど、私にとっては、じゃれ合える友達に近かった。

その日も家に帰った後、日暮れ前に私たちの日課の時間がきた。

「いい時間だ。鬼若、散歩に行こう」

両親が共働きなので、朝晩の散歩は私が担当している。

鬼若と並んで家を出ると、季節が冬に向かう時期特有の、冷めた風が吹いていた。近所の河川敷《かせんしき》まで、私たちは並んで歩く。

「鬼若、私はいまだに、人間の友達がろくにできないよ」

「くぅん」

「周りの人が当たり前みたいに友達を作ってるのを見ると、私には何か欠陥があるのかなとは時々思う。少しコンプレックスだ」

「くるる」

「寂しいねえ。お前がゲームできたり、しゃべれたりできたらいいのにな」

「はっはっ」

人通りが途切れると、そんな風に悩みごとを鬼若に聞かせるのは、すっかり私の習慣になっていた。おかげで鬼若は、家族にも相談していないような私の悩みを、ほとんど知っている。これも友達特有の微妙な距離感のなせる業だと、私は勝手に思っている。

ふと前を見ると、ダックスフントを連れた若い女の人が歩いてきた。ここが散歩コースのようで、前にも顔を見たことがある。

鬼若は他の犬にいつもそうするように、体格では自分よりずっと小柄なダックスフントに対して、しっぽを垂れて道の端に寄った。正直、奥ゆかしいというよりは、意気地《いくじ》なしに見える。

「ああっ。うちの子が、怖がらせちゃってるかな。ごめんなさい」

「いえ、お気遣いなく。うちのはいつもこの調子なので」

鬼若が人間だったら、私と同じように、教室の端で孤立してしまっていたのかもしれない。失礼ながらちらりとそんなことを考えた私は、河川敷に着くと、鬼若を抱いて頬ずりした。

「うそうそ、悪かったねえ、私なんかと一緒にして。鬼若くんは大変人気者の、私のたった一人の友達だよ」

そう言った時、すぐ背後に人の気配を感じた。

振り向くと、そこには、同じクラスの辻《つじ》さんが立っていた。

「辻さん……なんで、こんなところに……」

「部活の帰りなんだけど……柏樹さん、今のって……」

辻さんの口が、にやりとゆがむ。

最悪だ。聞かれた。くそ。一瞬で、顔が燃えるように熱くなる。

辻さんは、クラスの女子のリーダー格で、そして——

「今のって、犬に話しかけてたの？　唯一の友達だって？」

そして、ぼっちの私をからかってくるやつらの中心人物だった。

■

次の日、登校すると、辻さんと何人かの女子生徒が口元に嘲笑《ちょうしょう》を浮かべながら、遠巻きに私をちらちらと見てきた。

おそらく、彼女たちにとっては「友達がいない女」よりも「犬しか友達がいない女」の方が愉快な存在なのだ。あれはそういう笑い方だ。これだから、私は学校が嫌だった。


三日ほど経って、私は鬼若を夕方の散歩に連れ出しながら、何度もため息をついてしまった。鬼若が心配そうに見上げてくる。

「ごめんね、お前のせいでふさいでるわけじゃないからね」

この日は、河川敷の手前で、大きい犬を連れたおばあさんと出会った。犬はいわゆるウルフドッグというやつか、引き締まった精悍《せいかん》な顔つきが、獣の力強さを感じさせた。

その大型犬が、どうしたわけか、私に対してうなりだした。

「こら、やめなさい。ごめんね、女の子を見るとよくこうなるの」

いや、よくあるなら、あらかじめなんとかしていただきたい。

その時、後ずさりした私の前に、鬼若がするりと進み出た。めったに見せない牙を剝《む》き、前のめりになって大型犬を牽制《けんせい》する。

なんだ。どうした、お前。ていうかそんな顔できたのか。

私たちは、お互いの犬を引っ張って引き離した。私は鬼若と河川敷へ降りながら、さっきの牙を思い出して、ぞくりとした。

本当は、鬼若はその気になれば、あの牙で私の肌や肉なんて軽々と嚙み裂くことができる。

でも、そうしない。私を守るためにはあんなに怖い顔をするのに、自分より弱い私を傷つけることは決してしない。

それはなんだか、とても気高いことのように思えた。少なくとも、人を勝手に笑いものにする、あの教室の人の群れよりは。

「みんな、お前みたいだったらいいのにな」

鬼若といると、いつも、気がつけば私の口元は緩んでいる。

■

日曜日の夕方。街が、金柑《きんかん》みたいな色に照らされている。

河川敷の入り口で、私と鬼若の前に見覚えのある人影が現れた。

「……何？　辻さん」

辻さんは「今日も犬と遊んでるんだあ」と口角を上げる。

前と違って、今日私と会ったのは狙ってのことだろう。わざわざ笑いものを笑いに来たのか、なかなかいい性格をしている。

「柏樹さんて犬と仲いいんだねえ。唯一の友達、だもんね」

「私が言うのもなんだけど、友達って数だけいればいいってもんじゃないよ。教室見ててそう思う」

「何それ。どういう意味？」

思いがけず顔色を変えた辻さんを見て、あれ、と思った。辻さんを挑発するつもりではなかったのだけれど、せっかくなので、言いたいことを言うことにする。

「クラスでつるんでる人たちが、辻さんの本当の友達？」

「……当たり前でしょ。犬を友達に入れてるあなたに、そんなこと言われたくもないけど。あたしは人間としか友達になんてなれないからね、柏樹さんと違って」

その余裕なくまくしたてる姿を見て、私は、少し前にトイレで聞いた辻さんの悪口を思い出した。いつも辻さんの取り巻きのようにしている三人ほどの女子が、辻はえらそうだの調子に乗っているだのと毒づいていた。

そのことをここで本人に言ってしまおうかと思って、やめた。

辻さんはいつも、人の悪意も弱みも察して立ち回っている。その彼女が、すぐ身近で自分に向けられている悪意にだけ鈍感だとは思えない。それとも本当に気づいていないのか。

気づいているなら、改めて私が言うことじゃない。

気づいていないなら――なおさら、私が言うことじゃない。

ただ痛めつけるためだけに人を傷つけるようなやつに、私はならない。辻さんが私に向ける悪意にも、彼女なりの理由があるのかもしれないと、私がそう思うだけでいい。ムカつきはするけど。

「何、分かったような顔してんのよ！」

いきなり私の胸を突いてきた辻さんのこめかみを、すぐさま平手打ちで叩き返す。

「な……」

「いや、やり返すよ、そりゃ。手え出して、一方的にやったもん勝ちになると思うなよ。勝手で悪いけど、ちょっとだけ辻さんのことを分かったような気になってた」

「あたしの何を？　ずいぶん上から見てくれるじゃん」

「そんなつもりないけど、私が悩む必要ないことと、大事なこととの区別ができたんだよ。私は友達のおかげで、自信がついた。今は全然自分が恥ずかしくないから」

「……友達なんていないくせに！」

「いるよ」

「犬か！」

辻さんが、また手を上げようとした。

「犬で悪いか」

私がそう言って睨《にら》むと、鬼若も小さくうなりながら、私の前に歩み出た。飛びかかる気配はなかったけど、慌ててリードを引く。辻さんが、ひっと声を上げて身をすくめた。

「大丈夫。こいつは、辻さんのことは噛まないし、噛ませないよ。……だから、辻さんも、つまらないことはもうやめた方がいい」

「何を……」

「ちゃんと向き合ってくるなら、私もこうやって相手してあげる。私は辻さんの『友達』とは違うから、陰口は苦手なんだよ」

辻さんは、口の中で何かつぶやいてから、下を向いたまま私にぼそぼそと言ってきた。

「……好きなこと言って……あなたに、私と友達の何が分かるのよ……私だって、向き合ってる……くそっ……」

小さな声だったけれど、「友達」と言った時の口調は強かった。

辻さんが後ろを向いて歩き出した。その背中に私は叫ぶ。

「ちょっとは分かってくれたんだと思ってるからね！」

これで少しは、何かが変わるだろうか。そうだといい。

鬼若が、さっきの勢いはどこへやら、くわとあくびを一つした。


河川敷を歩き出すと、まだ明るい空の端から、月が上がってきているのが見えた。

辻さんとの言い合いで思ったよりも高ぶっていた気持ちが落ち着いてきて、

緊張が解けて涙腺が緩む。突かれた胸が鈍く痛んだ。

私の足に、鬼若が、励ますように体を寄せてくる。

出会った日から、私たちはずっと一緒にいた。私が傍《そば》に行けば、いつも鬼若は足元にすり寄り、私よりも高い体温で温めてくれた。

思えば私はこいつの前で、何度も泣いてきた。

小学校を卒業した時、大した思い入れもなかったはずなのに、もう通うことのない校舎を振り返った日の夜、少しだけ泣いた。

両親とけんかした日は、この世に味方が誰もいなくなったように思えて、心細さでつい庭で泣いた。

中学ではぼっちだとばかにされて、一年の時は悔しさのあまり家にいても涙が流れたことがある。

鬼若が散歩中にふいに近所の子供に撫でられ、その子の手についていたチョコレートが原因で中毒を起こした時。病院から無事に帰ってきた鬼若を迎えた日は、嬉しくて親が引くほど泣いた。

家族にも言えない弱音を、鬼若にいくつも聞いてもらってきた。

私がどんなに機嫌が悪くても、落ち込んで刺々《とげとげ》しい気持ちで家に帰ってきても、鬼若だけは無条件に私に寄り添ってくれた。

濃さを増す夕闇の中、私を見上げてくる鬼若と目が合った。一緒に過ごしてきた思い出が一気に思い返されて、柄にもなく目頭が熱くなった。頬を伝った雫を一つ、指先で払う。

今のこの何気ない日々も、本当はかけがえもなく大切な瞬間の連続なのだろう。そう思えることが、私の人生に、いったい何度あるだろう。そう思わせてくれる相手が、この先どれだけいるだろう。

「……私が泣き顔なんて見せるのは、お前だけだぞ。誰にも言うなよ。それで、……できるだけ長く、元気でいてくれ」

私は学校でつらいことがあっても、教室で泣いたことはない。

けれど、大切な友達の前で泣くことは、時に必要だ。

上を向いた鬼若の口から、あの鋭い歯列が、ちらりと覗く。

「……私は自分より弱い人を絶対に傷つけない。私より強い人のことも、まあ、できるだけ傷つけたりしない。だってお前は、私より本当はずっと強いのに、私を嚙まないもんね」

私も、そんな情けない人間にはならない。

この時、ようやく腑《ふ》に落ちた。私が、人間の友達がいないのを寂しいと思いながら、同級生たちを羨ましいとは思わなかった理由が。私は、私にとって必要な友達に、すでに出会っていた。

私たちは、河川敷から、堤防道路へ上がった。

すると、この間のダックスフントと女の人が、前から歩いてきた。鬼若と共に、道の端へ寄ろうとした時。

「あの、さっき大丈夫でした？」

いきなり話しかけられ、「えっ？」と上ずった声が出た。

「揉めてるみたいだったから、心配で見ていたので……。犬を飼ってる者同士のよしみで、何かあったら助けになりますよ」

女の人は、大学生くらいに見える。私がなんでもないと言うと、彼女は安心してため息をついた後、「いつもながら顔がいいですね」と鬼若に微笑みかけて、道の向こうへ消えていった。

「ああ、びっくりした。でも、優しそうで、感じのいい人だったな。……犬飼ってる者同士、か。いいな、そういうの」

ふと下を見ると、鬼若がちろりと私を見上げていた。

なんだ、その浮気者を見るような眼は。お前こそ顔がいいなんて言われちゃって。まあ、悪くない気分だけどね、私も。

夕暮れを群青《ぐんじょう》色の幕が包もうとする中、私たちは歩き出す。

今日はいろいろあったな。明日はどうだ。明後日は。

何気なくも特別な日々を、私たちはまた並んで歩いていく。

この物語はフィクションです。
実在の人物、団体等とは一切関係がありません。
本作は、書き下ろしです。

PROFILE 著者プロフィール

記念写真
沖田円
愛知県出身。著書に『僕は何度でも、きみに初めての恋をする。』（スターツ出版）、『千年桜の奇跡を、きみに 神様の棲む咲久良町』（ポプラ社）、『猫に嫁入り～黄泉路横丁の縁結び』（小学館）など。

ニューファンドランドアンドサンドランド
鳩見すた
第21回電撃小説大賞《大賞》を受賞しデビュー。著書に『ひとつ海のパラスアテナ』（電撃文庫）、『アリクイのいんぼう』（メディアワークス文庫）、『こぐまねこ軒』（マイナビ出版ファン文庫）など。

ルウの幸福
天ヶ森雀
2015年『純情欲望スイートマニュアル』（蜜夢文庫）で紙書籍デビュー。主にTL界隈に生息。著書に『アラサー女子と多忙な王子様のオトナな関係』（蜜夢文庫）や御伽噺シリーズ他。日々上昇する忘却粗忽能力と格闘中。

犬と歌えば
猫屋ちゃき
乙女系小説とライト文芸を中心に活動中。2017年4月に書籍化デビュー。著書に『こんこん、いなり不動産』シリーズ（マイナビ出版ファン文庫）『扉の向こうはあやかし飯屋』（アルファポリス）などがある。

曲がり角の向うに
朝来みゆか
2013年から、大人の女性向け恋愛小説を中心に活動中。富士見L文庫にも著作あり。ペンネームは朝型人間っぽいですが、現実は毎朝ぎりぎり。玄関を出てから忘れ物に気づくのはもう卒業したいです。

震災犬と、回り道
栗栖ひよ子
茨城県出身。2018年『菓子先輩のおいしいレシピ』（スターツ出版文庫）でデビュー。著書に、『こころ食堂のおもいで御飯』シリーズ（同右）や、『天狗町のあやかしかけこみ食堂』（マイナビ出版ファン文庫）など。

だいぼうけん

ひらび久美

大阪府在住の英日翻訳者。『福猫探偵～無愛想ですが事件は解決します～』『Sのエージェント～お困りのあなたへ～』（ともにマイナビ出版ファン文庫）のほか、恋愛小説も多数執筆。最近の癒やしは子メダカ観察。

君の名はタオル

杉背よい

著書に『あやかしだらけの託児所で働くことになりました』（マイナビ出版ファン文庫）、『まじかるホロスコープ☆こちら天文部キューピッド係』（KADOKAWA）など。石上加奈子名義で脚本家としても活動中。

欲しいのは、私だけの子犬

一色美雨季

『浄天眼謎とき異聞録～明治つれづれ推理』で第2回お仕事小説コングランプリを受賞。その他著書に『吉原水上遊郭まやかし婚姻譚』（ポプラ文庫ピュアフル）など。美雨季名義でノベライズも手掛ける。

ふたりの道のり

田井ノエル

愛媛県在住。執筆のおともは「うまぴょい伝説」。第六回ネット小説大賞を受賞しデビュー。著書に『道後温泉 湯築屋』シリーズ（双葉文庫）、『大阪マダム、後宮妃になる！』シリーズ（小学館文庫キャラブン！）などがある。

犬は吠えなかったか

溝口智子

福岡県出身・在住。博多のとんこつラーメンがソウルフード。小学校高学年で世の中にとんこつ以外のラーメンがあることを初めて知り、衝撃を受ける。最近、近所に醤油ラーメン専門店が二軒でき、それも衝撃。

分光連星ストロール

澤ノ倉クナリ

千葉県出身、長野県在住。マイナビ出版ファン文庫より『黒手毬珈琲館に灯はともる』発売中。子供の頃、馬よりも巨大な犬に乗ってみたいと思っていました。犬の話が書けて嬉しいです。

犬の泣ける話

2022年1月31日　初版第1刷発行

著　者　沖田円／猫屋ちゃき／鳩見すた／朝来みゆか／天ヶ森雀／栗栖ひよ子／ひらび久美／杉背よい／一色美雨季／田井ノエル／溝口智子／澤ノ倉クナリ

発行者　滝口直樹
編集　ファン文庫Tears編集部、株式会社イマーゴ
発行所　株式会社マイナビ出版
〒101-0003　東京都千代田区一ツ橋二丁目6番3号 一ツ橋ビル　2F
TEL　0480-38-6872（注文専用ダイヤル）
TEL　03-3556-2731（販売部）
TEL　03-3556-2735（編集部）
URL　https://book.mynavi.jp/

イラスト　sassa
装　幀　坂井正規
フォーマット　ベイブリッジ・スタジオ
DTP　西田雅典（マイナビ出版）
印刷・製本　中央精版印刷株式会社

 ISBN978-4-8399-7842-6
Printed in Japan